COLLECTION FOLIO

Jean-Michel Delacomptée

Petit éloge des amoureux du silence

Gallimard

Après une enfance en banlieue parisienne, Jean-Michel Delacomptée suit des études de lettres classiques, enseigne quelques années au Laos et à Mantes-la-Ville, puis devient chargé de mission auprès du ministère des Affaires étrangères dans le domaine de la coopération culturelle, scientifique et technique. À ce titre, il occupe un poste d'enseignant de cours supérieurs à l'Institut français de Kyoto puis de conseiller culturel à Jérusalem, avant de remplir, pendant dix ans, différentes fonctions à l'administration centrale. En 1998, il rejoint l'université en tant que maître de conférences en littérature française. Il enseigne actuellement à Paris 8.

Sa production d'écrivain consiste principalement en des portraits littéraires de personnages historiques et de gens de lettres. Personnages historiques : Henriette d'Angleterre avec *Madame, la Cour, la Mort*, François II avec *Le Roi miniature*, Ambroise Paré avec *Ambroise Paré : La main savante*. Gens de lettres : La Boétie et Montaigne avec *Et qu'un seul soit l'ami*, Racine avec *Racine en majesté,* Mme de Motteville avec *Je ne serai peintre que pour elle,* enfin Bossuet avec *Langue morte Bossuet.* À l'exception du *Racine* paru chez Flammarion, ses ouvrages ont tous été publiés aux Éditions Gallimard dans la collection « L'un et l'autre », pour laquelle il prépare un livre sur le duc de Saint-Simon. Il s'agit bien de portraits littéraires, non de biographies. Ces portraits usent en effet d'une écriture narrative qui, sans aucun recours à la fiction, tend à effacer la frontière conventionnelle entre le récit romanesque, l'érudition biographique et l'esprit d'analyse propre à l'essai. Extérieurs à tout genre spécifique, ne rentrant dans aucun classement prédéfini, ils relèvent de la littérature générale tant par la liberté de leur composition que par la grande attention apportée au style.

Par ailleurs, l'auteur a publié aux PUF une analyse de *La Princesse de Clèves* (roman ensuite évoqué dans *Le Roi miniature,* qui en présente le décor historique), ainsi que deux romans chez Calmann-Lévy, *Jalousies* et *La Vie de bureau.*

Pour C. W.

Je me souviens que pendant tout cet interminable après-midi ensoleillé ils martelèrent et scièrent juste au-dessous de la fenêtre du salon de derrière – ce lent, incessant, exaspérant crissement de la scie, ces coups sourds et méthodiques du marteau qui donnaient faussement l'impression que chacun allait être le dernier, repris et redoublés juste au moment où les nerfs engourdis, émoussés, épuisés, tendus au-delà de tout ressort, se détendaient jusqu'au silence puis devaient hurler de nouveau.

WILLIAM FAULKNER,
Absalon, Absalon !

Ceux qui ignorent ce qu'est le bruit ne me comprendront pas. Ils se diront : « Voilà un mauvais coucheur, un ronchon. Un atrabilaire ! un misanthrope ! » Confiants en leurs préjugés, ils n'accorderont aucune créance à mes plaintes. Ils ne penseront pas que je m'exprime ainsi pour d'excellents motifs. Fondés sur une longue expérience, dûment vérifiés. Incontestables. Je ne parle pas à la légère. Beaucoup ne partageront pas mon point de vue, beaucoup *ne l'entendront pas*. Je le sais. Ils s'y refuseront, faute de subir ce que je dénonce. Ils m'accuseront de pleurnicherie, ils prétendront que j'exagère. Je sais tout cela. Je m'y attends dans la plus entière certitude. Peu importe : d'autres y trouveront matière à opiner, ceux que le bruit blesse en profondeur, et même ceux qui, préservés du fléau, l'ignorent dans leur chair mais sentent les choses. Ils saisiront en me lisant que j'exprime une vérité. Ceux-là s'abstiendront de juger le débat clos avant de l'ouvrir, et ils penseront : « Cet homme a ses raisons, et ces raisons méritent qu'on les prenne au sérieux, elles relèvent d'une épreuve véritable. » Ils ne placeront pas leur indifférence au-dessus des faits. Ils prêteront attention à ce que je profère. Ils admettront que je décris une réalité cruelle, et ils se compteront, eux aussi, parmi les authentiques amoureux du silence.

Car le silence agonise. Fin d'un monde. Silence bradé sans lésiner, trésor dilapidé. Je parle du vrai silence, du silence solidement établi, serein, sur lequel aucune menace ne pèse. De ce silence-là, de ce silence qu'on ne connaît plus sous nos climats, dont on a perdu l'admirable confiance, de ce paradis gaspillé, il reste des preuves dans des pays reculés, sans habitations ni routes, sur la banquise, dans les déserts, aux confins des steppes, où l'on n'entend que le vent.

Le silence s'effondre dans le monde entier. À ce rythme, si rien n'est fait, on n'en trouvera plus dans un demi-siècle. Déjà, quiconque cherche un havre de paix pour y vivre, passer un week-end, ses vacances ou sa retraite, doit se plier à des règles de fer : repérage des endroits idoines, inspection de l'environnement, examen minutieux des vices cachés, visites à l'improviste, sans oublier de se munir, par prudence, d'une boîte d'obturateurs, boules de cire ou tampons de mousse.

Le bruit nous traque. Il rôde toujours quelque part. Il est tapi au cœur des bois, des monastères, des cimetières, même des hôpitaux, dans les alvéoles les plus secrètes de l'humanité. Danger larvé, surgissement latent, épée de Damoclès. Plus une région n'existe où les anachorètes soient en sécurité. Le péril s'étend partout. Il faut être sourd, distrait ou mort pour ne pas s'apercevoir que l'époque est au vacarme.

Le phénomène concerne l'ensemble de nos conditions de vie. Indice global, un symptôme de tous les désastres. À l'instar des glaciers, des grands singes anthropoïdes et de la tulipe sauvage, le silence est une espèce en voie d'extinction. Il a largement succombé dans les mégalopoles, rongé par l'acide de l'automobile, des constructions et travaux publics, de l'agitation hyperbolique. Il agonise du nord au sud, de l'est à l'ouest, et pas seulement dans les conglomérats urbains. Il s'est effacé du ciel. Il s'étiole même sous la surface des mers. Pour les mammifères marins, baleines, cachalots, dauphins, les océans sont des night-clubs mortels. Le smog acoustique produit par les sonars militaires pour détecter les sous-marins et les canons pour la prospection pétrolière offshore bouleverse leur système de localisation. Désorientés, ils emboutissent les navires, s'échouent sur les côtes. En moyenne, l'intensité sonore des mers a augmenté, depuis un demi-siècle, de dix décibels. Le silence ressemble à la couche d'ozone. Le trou du bruit ne cesse de s'élargir, les étendues de silence ne cessent de rétrécir. Bientôt, si cela continue, pour savoir en quoi consiste le silence, on devra se réfugier dans l'ancien bunker en acier et béton armé du plateau d'Albion, à cinq cents mètres sous terre, dans le sanctuaire atomique désaffecté où des scientifiques écoutent l'univers, et où l'on entend fonctionner le cerveau d'un individu qui dort.

Ces pompes à tintamarre. Ces myriades de bouches polycentriques qui crachent des sons par mitraille. Cette tyrannie injectée par les oreilles. Mon aversion à l'égard du raffut croît de jour en jour. Et je ne suis pas le seul : s'il existe une aversion partagée par le grand nombre, c'est bien celle-ci. Nous sommes une multitude à honnir cette orgie sonore. Ces irruptions intempestives, cette prolifération dont ne protègent ni boucliers ni cuirasses. Pas de remparts dignes de foi. Aucun asile assuré, aucune frontière qui nous garde.

Ravages du bruit : vous le redoutiez, il jaillit. Vous l'aviez oublié, il revient. Vous vous retournez, il est là.

*

Les statistiques claquent : deux Français sur trois souffrent du phénomène.

Deux sur trois.

Il y a d'un côté la nuisance qui naît des moyens de transport, automobiles, trains, avions. Mais, si accablant soit-il, ce n'est pas ce bruit que je pointe. Je le mets de côté parce que, bon an mal an, les pouvoirs publics s'attachent à le traiter. Budget serré, les reins piqués par les associations de riverains, l'État et les collectivités remédient de leur mieux aux points noirs. Travaux d'Hercule. On dresse des panneaux d'isolation ou des talus de terre le long de portions d'autoroute, de routes nationales, de voies ferrées, on couvre par endroits les boulevards périphériques, on varie les couloirs d'envol et d'atterrissage des aéronefs, on modère à petit trot les excès du trafic.

Et d'autre part, il y a les bruits de voisinage, en libre service, rois de la jungle. Pour un Français sur cinq, là est le fléau. Ce sont ces dommages protéiformes que je vise, ces bruits volontaires, susceptibles d'être limités, atténués, maîtrisés. Évitables. Ils ne présentent pas le caractère local et massif des nuisances déversées par les infrastructures de transport. Ni le danger du bruit au travail, comme dans l'imprimerie, la métallurgie, les métiers du bois, nuisances répertoriées, analysées, fermement combattues, objets de prévention et de soins officiels. Ni le bruit des phobiques, hérissés par les raclements de gorge, les gens qui reniflent, qui se grattent, qui mâchent du chewing-gum, qui sucent des bonbons, par le craquement des biscottes, les portes qui grincent, toutes affections issues de la prime enfance, sans rapport avec l'extérieur, bruits de tuyauterie interne dont se préoccupent les psychiatres.

Les bruits de voisinage relèvent d'un autre ordre. On les appelle aussi bruits de comportement, ou bruits domestiques. Ceux-là ne viennent pas de vous, mais des autres. Ils sévissent en toute impunité. Ils sont mouvants, sournois, d'une férocité carnassière. Pareils aux piranhas, ils longent en bandes affamées les berges du silence pour y planter leurs dents pointues. Ils flairent les gouttes de calme à des dizaines de mètres à la ronde. Ils flottent entre deux eaux, se précipitent, et ils dévorent.

*

« Le bruit, c'est la vie », proclament les frivoles. Baliverne : le bruit est un échec, une tare. Et le bruit des autres avant tout : une intrusion, une entaille, un cambriolage, un viol. Comparaisons banales. Mais un cambriolage en effet, un viol en moins tragique, une atteinte flagrante à l'intégrité du corps.

Sans qu'on en tire les conséquences.

Et c'est tout le problème.

La vie est sonore, bien sûr. Qui le conteste ? C'est pourquoi je distingue *le* bruit *des* bruits. Le bruit n'a rien à voir avec la vie. Alors que les bruits, eux, appartiennent au monde environnant.

Vivants sont les cris d'enfants dans les cours d'écoles, les pas des piétons dans la rue, le brouhaha du marché, le hululement de la chouette à la campagne, les cloches qui s'égosillent le dimanche, un concert en plein air, même les techno-parades, ébouriffants carnavals qui ne durent que le temps de leur passage. Les bruits, personne, sauf les grincheux, les pisse-froid, les aigris de naissance, n'en réclame l'éradication. Personne, en tout cas pas moi, ne désire le silence des nécropoles. Pas une once de vie dans pareil silence. On y tremble de solitude et de froid. Mais pas de vie non plus dans *le* bruit. Dans ce précipice sonore qui nous engloutit. Rien de vivant dans la pétrolette qui déchire la ville endormie, dans les aboiements d'un chien enchaîné ou longtemps laissé seul par un mauvais maître. La vie, le plaisir de vivre, ce n'est pas entendre la télévision du voisin malgré les deux étages qui nous en séparent, ni les flonflons de la fête foraine pendant des mois, ni le rap ou les airs d'opéra à toute heure dans l'appartement du dessus, ni le babil hurlé des téléphones mobiles. Rien de vivant dans le bruit, seulement de la violence. Ceux qui travaillent la nuit et tentent de dormir le jour le savent. Ceux qui s'épuisent le jour et tentent de dormir la nuit le savent. Ceux qui travaillent chez eux le savent. Les malades prisonniers de leur chambre le savent. Les vieillards sans défense le savent. Les médecins qui constatent les dégâts le savent. Des millions et des millions de Français le savent. Des dizaines de millions d'Européens le savent. Et certainement des centaines de millions de personnes à travers le monde le savent, même si elles n'y peuvent rien.

J'affecte au mot « bruit » un signe intégralement négatif. Ainsi, n'entrent dans ce cadre ni les sons qui rassurent, musiques de parkings, de quais de gare déserts, ni les sons qui soignent les pathologies nerveuses. Ce ne sont pas des bruits, encore moins du bruit, mais des sédatifs.

On ne parle pas, sinon à tort, de « bruit mélodieux » : contradiction dans les termes. Mais de « sons mélodieux ». Autrement dit, de tonalités musicales. À l'inverse quand, pénétrant dans un endroit où la musique est si forte qu'on ne s'entend plus, cet abus nous abasourdit, nous pensons : « musique bruyante ». Ce qui domine dans une musique bruyante, ce n'est pas la musique mais le choc. Autrement dit, le bruit.

Le bruit : un son non désiré, non désirable, subi.

Pour *Le Petit Robert,* c'est une « sensation auditive produite par des vibrations irrégulières ». Aucun adjectif ne qualifie ici la sensation. Pur constat, la définition est neutre.

Le Robert Historique de la langue française affine. Le mot, né en des temps reculés d'un croisement baroque entre le brame du cerf et le rugissement du lion, désigne un « son de voix sans articulation distincte », héritage du monde des bêtes, extrahumain par essence, où quelque chose d'informe se décèle, de confus, d'inorganisé, de pulsionnel, dans une obscure relation avec le chaos. De là on passe à un « assemblage de sons » qui exclut les sons harmonieux, puis à la rumeur, marée sans bords, parfois venin qui s'écoule, immaîtrisable, dans les artères d'un public aux formes illimitées. C'est le buzz d'Internet, ou, plus pernicieux, lâche, sans freins, la tache d'huile diffamatoire.

L'Institut national de recherche et de sécurité pour la prévention des accidents du travail et des maladies professionnelles appelle bruit « toute sensation auditive désagréable ou gênante ». Cette définition surprend par son caractère lacunaire. Elle circonscrit le champ des nuisances sonores à un déplaisir plus ou moins marqué. Il conviendrait d'ajouter un qualificatif, ou plusieurs, aux deux adjectifs qu'elle propose. Par exemple, « sensation auditive pénible ». Ou « insoutenable ». Ou « torturante ».

*

Ce qui est bruit pour quelqu'un ne l'étant pas forcément pour un autre, on pourrait, de ce caractère subjectif, déduire qu'il n'existe pas de bruit en soi. Ce serait une erreur. Il existe une échelle des nuisances qui permet de mesurer objectivement leurs niveaux.

Le décibel (dB) constituant l'unité de mesure de l'intensité d'un son, l'impact des ondes sonores s'évalue par des équivalences de ce genre :

Une fusée au décollage dégage de 180 à 190 dB.

Un fusil d'assaut de 1000 coups minute, 170.

Un fleuve en crue, 150.

Un bang supersonique, 140.

Un quadriréacteur au décollage, une voiture de course, 130.

Le tonnerre, une souffleuse de feuilles, un sablage au jet, une chaufferie industrielle, 120, *seuil de la douleur*.

Un marteau pneumatique, la sirène des pompiers, 115.

L'aboiement d'un berger allemand, 113.

Le passage d'un TGV à 300 kilomètres/heure, un concert de rock, 110.

L'aboiement d'un caniche, 107.

Une scie électrique, une tronçonneuse, un marteau-piqueur, une motoneige, 100, *seuil du bruit dangereux*.

Un cri, une craie sur un tableau, de 90 à 100.

L'aboiement d'un yorkshire, 98.

Une cour d'enfants en récréation, 95.

Une rame de métro, un camion à pleine vitesse, une salle de restaurant bondée, 90.

Le croassement d'un corbeau, une tondeuse à gazon, un torrent, 85.

Le claquement de talons sur un trottoir, un aspirateur, de 70 à 80.

Un homme qui ronfle, un tapis qu'on bat, 70.

La grêle sur les vitres, une automobile à vitesse moyenne, 65.

Des pas sur le gravier, une conversation amicale, 60, *seuil du bruit gênant.*

Le couinement d'une souris, une machine à laver, 50.

Une fontaine, 40.

Une chambre calme, 30.

La paix du désert, 20.

Un soupir, 10.

Seuil de la perception humaine, 0.

*

L'oreille est le seul des cinq sens qui reste en éveil vingt-quatre heures sur vingt-quatre.

*

Un cri soutenu brise le cristal. Les vibrations produites par les enceintes géantes des *sound system* électrisent les glandes. Les sons ne concernent pas seulement les oreilles, mais l'ensemble du corps. Les heurts qu'ils impriment se répercutent de la racine des nerfs aux extrémités des membres sous forme d'impulsions qui traversent les os, les cartilages, les veines, les tendons. Les organes perçoivent des infrasons et ultrasons que l'ouïe ne perçoit pas. Les fréquences, franchissant tous les obstacles, remuent les chairs comme les objets.

Un son ne touche pas l'oreille, il la frappe. La membrane est tendre. S'il chantonne, il la berce. S'il est grave, il l'émeut. Doucereux, il la flatte. Viril, il la brusque. Bestial, il la contusionne. Il a des conséquences physiologiques redoutables : le 27 août 1883, l'explosion du Krakatoa, volcan entre Sumatra et Java, fut entendue sur un douzième de la surface de la terre, jusqu'à une distance de cinq mille kilomètres, et rendit sourdes des populations entières. C'est le bruit le plus violent de l'histoire humaine.

La guerre est une grande pourvoyeuse d'abominations sonores. Elle inflige aux soldats des blessures post-traumatiques dont ne les guérit aucun remède.

Les armées d'occupation et les régimes dictatoriaux utilisent le son comme instrument de torture. Soit par la privation sensorielle – un silence total pendant une durée indéterminée –, soit par un déchaînement acoustique qui martyrise les tissus :

À 160 dB, les tympans se déchirent.

À 200 dB, les poumons se lézardent.

À 220 dB, le cerveau implose.

*

Les animaux fuient au moindre bruit. Pas les hommes : chez eux, dans la rue, sur leurs lieux de travail, ils sont contraints de l'endurer.

Un dixième de la population française souffre de problèmes auditifs dus aux bruits ambiants.

Les trois quarts des employés subissent des nuisances sonores dans l'industrie comme au bureau.

L'isolation acoustique déficiente des appartements anciens fait qu'on vit chez le voisin autant que chez soi, ou plutôt que le voisin s'installe chez nous. Le plus souvent, c'est pénible, voire très pénible. Et bien des fois, une plaie à vif. Il faut vivre dans de pareilles conditions pour prendre réellement conscience de ce que signifie souffrir d'un voisinage bruyant. Les gens qui en sont épargnés mesurent mal leur chance.

Ceux qui croient qu'on a le droit de se livrer au tapage jusqu'à 22 heures ont tort : aucune loi ne l'autorise. Nocturne ou diurne, le tapage reste du tapage.

Il n'existe aucune thérapie qui permette aujourd'hui de réparer une audition perdue. Une fois perdue, c'est pour toujours.

L'Agence française de sécurité sanitaire environnementale a publié naguère un rapport sur « l'impact sanitaire du bruit » : acouphènes, lésions irréversibles du système auditif, détérioration du système cardio-vasculaire, stress intense, troubles du métabolisme, du sommeil, du comportement, abaissement des défenses immunitaires, épuisement physique, dépressions, risques accrus d'accidents du travail. Tel est le cadeau offert par le bruit. Les caisses d'assurance maladie le payent au prix fort. Et ses victimes, plus cher encore.

L'exposition des adolescents à un déluge permanent de décibels conduit à des générations de malentendants. Un jeune qui gambade sur les sommets du rock à vingt ans se découvre dur d'oreille à trente. D'où, cercle vicieux, pour entendre distinctement il faudra augmenter toujours plus les niveaux de décibels.

Par ailleurs, le rapport tire un trait sur la légende qui veut qu'on s'habitue à tout. Plusieurs études, note-t-il, « ont montré que, sur le plan physiologique, l'individu *ne s'adapte pas* au bruit, même après une longue période d'exposition ». La remarque vaut pour le domicile aussi bien que pour le lieu de travail. Vivre pendant des années dans un environnement bruyant où jamais, nuit incluse, les tympans ne se reposent, relève des châtiments de l'enfer.

J'en connais plein d'exemples.

S'il n'existe pas de lobby du silence, il n'existe pas non plus de lobby du bruit. La lutte contre les nuisances domestiques devrait donc se mener facilement. Or pas du tout. Les litiges s'enkystent, avec d'un côté une famille brutale ou une entreprise tonitruante (salle des fêtes, menuiserie, chenil, dépôt de semi-remorques, circuit de karting), de l'autre des personnes saccagées qui se gorgent de somnifères, abusent d'anxiolytiques, affrontent rebuffades, insultes, menaces, représailles, tambourinent en vain contre la porte du préfet, du commissaire, du maire. Innombrables sont les déshérités du ramdam, les harassés de cette calamité. Corpuscules sans nom et sans visage abandonnés aux furies qui les briment.

*

On vous matraque de sons qui vous exaspèrent, vous épuisent. Qui vous creusent et vous rongent. Qui, à force, vous donnent envie de pleurer. De vous enfuir au bout du monde. Et même de mourir quand la brutalité s'éternise.

Certains s'étonnent que les gens à l'oreille sensible s'indignent de ces outrances. Mais, si l'on compare, qui accepterait qu'on lui enfourne des louches de purée brûlante dans le gosier ? qu'on lui coince entre les dents le goulot d'une bouteille d'eau-de-vie pour le contraindre à boire jusqu'à la syncope ? qu'on le maintienne pendant des heures le nez plongé dans les vapeurs d'une fosse septique ? qu'on lui braque une lumière aveuglante dans les yeux jour après jour, nuit après nuit ? Pourquoi accepter pour l'ouïe des forfaits qui, appliqués à l'appareil digestif, l'appendice nasal ou la vue, scandaliseraient ?

*

Combattre ces débordements : tâche ardue.

Autrefois, j'ai publié dans un grand quotidien national des articles contre le bruit. Ces articles retinrent l'attention. J'ai reçu de nombreuses lettres de lecteurs, celles de jeunes qui m'approuvaient, celles de vieillards qui me remerciaient d'avoir exposé leurs souffrances face à la cruauté d'un voisin bruyant, témoignant d'un malheur solitaire, sans ressource, sans aide ni secours, immense.

Puis j'ai adressé d'autres articles sur ce sujet au

même quotidien. Lequel jugea que j'avais proféré l'essentiel, ou que ces articles ne servaient à rien, ou qu'en définitive le sujet n'offrait guère d'intérêt. Qu'importe la cause : le journal cessa de publier mes feuillets. Il me sembla qu'on me privait d'une tribune surélevée, bien visible, au service d'intérêts qui excédaient largement ma personne.

Plus tard, j'ai fourni sur le même thème un roman qui obtint peu d'échos. J'y peignais un homme sans cesse affligé par le bruit. Curieusement, on a cru que je le ridiculisais, que je faisais de lui un fanatique du silence, un névrosé, un grognon infréquentable. Telle n'était pas mon intention : je prenais tout à fait au sérieux, moi, ses tourments. Ce peu d'échos m'a désolé. Mes regrets demeurent. J'ai l'impression d'avoir abandonné à leur sort les vieilles gens, les invalides, les endeuillés, les migraineuses, les poètes, les travailleurs aux horaires décalés, tous ces douloureux qui m'avaient expliqué dans leurs lettres combien ils étaient vulnérables, seuls, sans soutien, face à l'égoïsme incivil.

Depuis, les raisons de la lutte se sont densifiées. Le poison poursuit son expansion, sa toxicité contamine toutes les cellules. Je dois mêler de nouveau ma voix à celle des associations, des médecins qui combattent le mal, de ces bénédictins du droit au silence. De mes articles publiés, retrouver l'élan. De mon roman infructueux, repêcher quelques lignes. Il me faut insister, ajouter, compléter.

Pèlerin, reprendre mon bâton.

Enfoncer mes souliers à nouveau dans ce bourbier.

Parlons franc : le bruit varie. Ce monstre aux mille pattes est affaire moins de lieux que de moments. Cet être difforme connaît des pauses et l'on trouve encore du silence, même dans les capitales surpeuplées, du moins dans les quartiers prospères. Je ne dis pas *le* silence, mais *du* silence. Un bonheur provisoire, à certaines heures, interruptions en équilibre instable dans le flux des ondes sonores. Périodes de soulagement vite ébréchées, colis marqués « fragile », entre deux chutes.

Ces périodes sont chaque fois, pour moi, un étonnement.

On rencontre le silence comme, lors d'une soirée mondaine, d'un meeting, d'une croisière, on rencontre un homme, une femme, qui nous séduit. Ou comme un spectacle qui nous enchante. Il y a toujours, dans le silence, de l'inattendu, une beauté qui surprend, certaine tonalité qu'on goûte avec la finesse d'un gourmet, un repos au goût exquis que seuls savent apprécier à son juste prix les ennemis du tapage. Le silence, pour les gens qui le chérissent, paraît toujours neuf. Il avance en robe de mariée avec une couronne de fleurs d'oranger sur la tête.

Bruit qui tue, silence vital. Le silence n'est pas le vide effrayant d'une geôle où le prisonnier à l'isolement se morfond. Ni la conversation enlisée où chacun se tait, coupé de l'autre, recroquevillé sur l'échange exclu. Le silence n'abolit rien. Il crée les conditions de la vie qui jouit d'elle-même. Il tisse, relie. Il régénère. Par lui, on renaît. Il affleure dans le velouté d'un ensoleillement. Où le bruit s'affirme avec la soudaineté d'une avalanche, il se présente d'une démarche souple et soyeuse. N'allant jamais de soi, il advient comme mû par une force intérieure. Le silence se dépose. C'est un mouvement avec une épaisseur qui s'élargit vers nous, en ami. Son intensité se module en permanence, une qualité particulière de l'air où l'oreille caressée s'ouvre sans réserve. Le monde, soumis aux cadences de la production de masse, se montre avare de son temps, avide d'en gagner. Dans ce monde qui thésaurise chaque instant, le silence n'est jamais donné, il se donne. Il a tout de la grâce : il s'offre au hasard des heures. Et, spontanément, les lieux le reçoivent. Eux n'ont rien à se reprocher, ils se contentent d'être là, dans une neutralité parfaite. Ils ne sont pas bruyants par eux-mêmes, ils le deviennent par l'action des hommes, et sitôt l'action des hommes terminée, ils retournent au silence.

Les lieux sont dociles. Ils dépendent de nos volontés, leurs bruits sont les nôtres. On ne doit pas les accuser du désagrément qu'ils nous causent, ils ne sont coupables de rien, pas plus que la nature. « Saint Basile veut que le milieu de la nuit soit pour le solitaire ce que le matin est pour les autres, afin de profiter du silence de la nature », Chateaubriand, dans les *Mémoires d'outre-tombe.* Le silence est la condition naturelle des lieux.

On le rencontre aussi quand on s'assied dans une clairière et qu'environné d'arbres on prend le temps d'écouter les feuillages, ou sur les chemins caillouteux d'un parc national, en altitude, à deux mille mètres, au bord d'un lac. Il est possible presque partout de saisir un rayon de silence. Je ne prétends donc pas qu'il appartient tout entier au passé. Des poches subsistent, on sait ce que le mot signifie. Il n'en va pas du silence comme des animaux de ferme que les enfants des villes connaissent par les images. Il ne s'est pas encore condensé en une abstraction, cristallisé en un pur concept. On continue d'en faire l'expérience. Le mot a gardé la couleur de sa chair. Je ne soutiens pas que le silence a partout et toujours disparu, mais qu'il est partout et toujours en suspens, que partout et toujours des bruyants le visent, l'assaillent et l'estropient.

On écoute la musique, on n'écoute pas le bruit. La musique se détache sur la vie comme le poème sur la blancheur de la page. Elle renferme autant de nuances que la Voie lactée de galaxies. Derrière la musique se devine un monde inépuisable. Derrière le bruit on ne devine rien. Il n'ouvre sur rien. On ne l'écoute pas, on s'y cogne.

Le fond musical des grandes surfaces ne s'écoute pas davantage. Il s'agit d'un bain de vapeur pour ramollir l'attention de la clientèle, la rendre perméable aux attraits de l'achat. Pour les amoureux du silence, ce fond s'apparente au bruit. Moi, dès qu'il dépasse un certain degré, je m'évade. C'est comme si le magasin tentait de m'attraper dans une épuisette. À son insu il m'avertit, par cette ambiance faussement festive, que je ne m'appartiens plus. Vite la sortie. Je ne suis pas dupe. Ni une ni deux, bonsoir.

On vous y berce
D'un fond sonore à la fadeur d'orgeat,
Euphorisant et même anesthésique,
Et j'aurais craint qu'il ne me submergeât
Si c'eût été vraiment de la musique
Et non ce flot de Mozart à goujat
Qui rend un peu métaphysique
La fièvre du grossier consommateur.

JACQUES RÉDA,
Lettre sur l'Univers et
autres discours en vers français,
« Sur les supermarchés ».

*

À l'extrême opposé du bruit, la musique ouvre un échange. Même la plus écœurante, celle qui dégouline à l'infini, l'industrielle, puisque des amateurs la goûtent. La musique, on en fait commerce. C'est une énergie qu'on modèle, qu'on finance. Les princes pensionnaient les musiciens pour que leur pouvoir s'exerce sur l'harmonie des sons. L'Église agit de même, tout comme les bourgeois. La musique a des donneurs d'ordres et des bénéficiaires, le prince qui pensionne, le compositeur pensionné, le compositeur qui vend ses partitions, la maison d'édition qui diffuse les partitions, l'interprète qui vend son talent lors de tournées, le mélomane richissime qui se paye à domicile un orchestre symphonique, les familles des promis qui commandent un orchestre pour les épousailles, la major qui produit les tubes promus par les médias, les organisateurs de concerts, les téléchargements payants, les fabricants d'instruments, les boutiques qui vendent les instruments, l'universel négoce du son organisé.

À l'inverse, on ne fait jamais commerce de bruit. Le bruit ne s'échange contre rien : c'est un accident qui ne renvoie qu'à lui-même, qui n'apporte ni joie ni tristesse, aucune émotion sauf de l'abattement, de la colère, de la rage. Il ne s'échange contre rien parce qu'il n'a pas de valeur. Ce n'est pas une monnaie d'échange : au sens propre, il *ne vaut rien.* Il ne vaut rien parce que, n'ouvrant sur rien, il ne renferme rien. Il est clos, d'une opacité absolue, un bloc sans avenir ni mémoire, sans la moindre fente, sans horizon, gris comme on le dit d'un ivrogne. On peut tituber d'être assourdi. Se tromper de direction, heurter un arbre, buter contre une marche, tomber à l'eau. Le bruit a la densité imbécile des corvées que les adjudants imposaient aux conscrits, ramper dans la boue, courir autour de la caserne le barda sur le dos, faire, défaire, refaire son paquetage. Anonyme, apatride, il a le même aspect partout sur la terre. Le bruit n'a pas de bouche, pas de voix, pas de traits, mais le masque impénétrable des brutes. Entrave au dialogue, obstacle à la communication, abus de pouvoir qui défigure le temps et les lieux. Il est aussi trivial qu'une farce, aussi dégoûtant que la morve qui pend au nez du débile. Il est stérile, totalement vain, d'une vanité aussi lugubre que les ossements dans le noir d'un caveau.

Il était allongé ce soir-là parmi nous sur son lit de fortune dans la salle à manger plutôt que dans la chambre conjugale à l'étage de notre maison, atteint de la maladie de Charcot depuis un an environ, paralysé à ne plus pouvoir bouger jambes ni bras ni mains, et bientôt plus les lèvres, ni même les paupières. On ne l'avait pas encore transporté à la clinique, sans le moindre espoir de guérison, sans autres soins que le traitement contre les escarres et l'intubation pour le nourrir, puis pour qu'il respire. En ce brûlant mois d'août, il parlait encore, péniblement, d'une voix presque inaudible, mais il parlait. C'est début janvier qu'il est mort dans une clinique de Maisons-Laffitte, de l'autre côté de la Seine. Je parle de mon père. Savoir à quand remonte la hantise du bruit n'est pas simple, sauf en cas d'événement si précis qu'on le date sans hésiter. Pour ma part, je ne fais pas remonter ma hantise à l'événement survenu en ce mois d'août que j'évoque, ni à aucun événement précis, l'attribuant à l'allergie progressive qui s'est instaurée à force de subir le fléau où que j'aille. Mais le souvenir du père exténué – car il ne dormait presque plus –, inerte sur son lit en bas, dans le salon, avec la canicule et la fête chez les voisins en face qui, toutes fenêtres ouvertes, l'empêchaient de jouir du peu de repos que lui réservait la nuit, ce souvenir a marqué le moment où j'ai pris conscience de l'ignominie des situations qui laissent aux bruyants le droit de supplicier la faiblesse. À cause du tapage, nous avions fermé la fenêtre donnant sur la rue. Par moments, il en réclamait l'ouverture pour un soupçon de brise contre la chaleur qui nous obligeait à lui éponger les joues, la nuque, les cheveux. Il se sentait épuisé par l'impossible mieux-être où le condamnaient la musique grossière en face, les voix d'ivresse et les rigolades. Je connaissais bien le garçon de la famille, nous avions fréquenté la même école primaire. Il m'appelait par mon petit nom. Ni ami ni ennemi, un camarade de classe au temps des culottes courtes, engagé dans l'armée à l'adolescence, ayant devancé l'appel. Un gars costaud, à la tête dure. Il savait, comme sa famille, l'état de mon père. « Soyez de bonne volonté, baisse la musique », l'ai-je imploré plusieurs fois, sortant dans la rue pour l'interpeller de façon qu'il m'entende, et même au-delà de minuit, sans qu'il consente à me répondre ni eux, les gens de sa famille, à baisser la musique et le volume des voix.

« Sinon, fermez vos fenêtres, leur criai-je aussi, épargnez-le. » Enfin, il est apparu sur le pas de la porte, ce camarade d'enfance, débraillé, rougeoyant de rires et de vin, solide sur ses cuisses d'homme de troupe, sûr de ses muscles, et d'un ton mielleux il m'a dit : « Mais, Michou (car c'est ainsi qu'on m'appelait au temps de l'école primaire), si ton père est gêné, vous n'avez qu'à fermer votre fenêtre. » Je suis allé vers lui les mains jointes, moi pour qui Dieu n'est qu'un mot. « Vraiment c'est inhumain, lui dis-je, il fait trop chaud, tu connais son état. » Il s'est avancé, soudain querelleur : « Nous on est chez nous, je te le répète, si vous êtes gênés, fermez votre fenêtre. » Il est rentré chez lui et ce fut tout, cette sauvagerie laconique de la désinvolture dans la canicule et la douleur.

La douceur du climat est impitoyable. Écoutez le voisinage, à Paris, dans les grandes villes, et davantage encore en banlieue, à la campagne : dès les premiers beaux jours, le bruit bourgeonne. Chaque printemps marque son retour. Alors, mon humeur change. L'inquiétude monte avec la sève. Aux informations, j'attends en tremblant les bulletins météo. Mon moral fluctue selon le baromètre, il baisse à mesure que les degrés grimpent. Quand le mercure atteint quinze degrés, un frisson me parcourt. Les premières chaleurs me glacent. Plus le temps s'améliore, plus je me dégrade. Le soleil dans le ciel bleu m'affole. Avec l'été vient la panique. Typhons de décibels nuit et jour, rafales de klaxons, d'aboiements, bourdonnements, vrombissements, stridences.

Flânez par beau temps dans un quartier rempli de jardins. L'un rase son gazon avec sa tondeuse à propulsion arrière, l'autre désherbe une allée au coupe-bordures, un autre taille sa haie à l'élagueur télescopique, un autre décape son perron au Karcher, scinde un tronc d'arbre à la tronçonneuse thermique, dilacère des branchages dans son broyeur à turbine. Coupe au carré, que pas un brin ne dépasse. Parterres au cordeau, plates-bandes impeccables. Traitement martial de la nature que ces jardiniers à pistons et courant alternatif prétendent honorer alors qu'ils la scalpent. Tous en rangs serrés, au garde-à-vous, boutons briqués, ceinturons bouclés. Ces jardins propres qu'asservissent les outils vociférants au lieu des tondeuses mécaniques, sécateurs, râteaux, outils manuels des vrais jardiniers – ceux-ci œuvrent en silence, lequel participe à leur plaisir –, ont quelque chose d'affreusement hygiénique. La cacophonie y couronne la géométrie. Le soin maniaque fait rendre gorge au foisonnement bucolique. Trônent, au sommet du cirque, les entreprises d'élagage, qui prêtent la main aux sarcleurs motorisés des week-ends et des soirs d'été. Je me suis renseigné : si ces entreprises se livrent sans vergogne à ces pétarades, c'est que changer le matériel pour un son feutré grèverait leur budget. Au voisinage de payer pour elles. Barouf de ces jardins dénaturés où s'exerce l'appétit de maîtrise des cadres moyens dans les périphéries urbaines et des cadres supérieurs sur le littoral.

Mais voilà que s'approche un quidam casqué de coquilles, un employé de la mairie qui porte sur le dos un engin souffleur pourvu d'un gros tube flexible pour chasser les feuilles mortes et les papiers gras. Le grondement s'annonce de loin, c'est une tempête qui fait chanceler l'espace et s'envoler les moineaux. À mesure que l'homme approche, la soufflerie gondole les façades. Pour un peu, elle arracherait les toits. Qui a inventé cette invraisemblable folie ? Aucun bruit ne supplante celui-ci. On se croirait dans un réacteur. Ensuite l'homme, légèrement incliné vers le sol, l'œil morne, passe à pas mous et s'éloigne en traînant cet ouragan lentement au long des rues.

*

Passage en revue des sons toxiques, chez les particuliers comme sur les boulevards, à l'air libre comme à l'intérieur, en ville comme à la campagne, catalogue d'instruments aux trépidations électriques, zoo de pics sonores, une ménagerie : feulement acéré des ponceuses, fraiseuses, chignoles, varlopes, zézaiement hystérique des coupe-carrelage, taille-haies et débroussailleuses, vagissement rauque des motoculteurs et motobineuses, morsure des machines à crépir, à blanchir, polir, carreler, caréner, concasser, carrosser, cabosser, désosser. Société de rafistolages où l'on occupe ses loisirs à taper, taper, retaper.

Tôt le matin démarrent les premières secousses d'une tractopelle flanquée d'un marteau-piqueur à compression pneumatique. Le couple infernal va s'acharner jusqu'au soir. Ce sont des ouvriers municipaux qui réparent les canalisations. Ils posent des tuyaux, des câbles, ils forent l'asphalte, ils défoncent le sol à vingt mètres sur la droite, sur la gauche, ils éventrent la chaussée. Ils sont venus le mois passé puis la semaine dernière, ils reviendront demain ou la semaine prochaine. Il y a toujours un trou à creuser, à reboucher, un bord de trottoir à finir, une tranchée à élargir, un embranchement à percer, un poteau à remplacer, du goudron à étaler, un égout à curer. Tout le secteur tremble, aucun répit. Dans les parages on construit une villa, un immeuble de rapport, des bureaux, un lotissement, un palace, une prison, un centre équestre, un bâtiment quelconque. Quand l'un se termine d'autres débutent, on en a pour six mois, un an, deux ans. Chantiers de place en place, privés, publics, modestes, colossaux, à tour de rôle, simultanés. C'est ici un toit qu'on rénove, là une loggia qu'on agrandit, une cour qu'on dépave, plus loin des hangars qu'on démonte, un hôtel qu'on bâtit, une salle des fêtes, une salle de bains, ou tout un quartier.

*

Béni soit le mauvais temps, pas de meilleur abri. Suspension des travaux extérieurs, personne sur les échafaudages, plus de barbecues la nuit sur les terrasses, de marteaux, de scies, de hip-hop, de farandoles qui s'invitent. Les intempéries sont mes garde-fous. Je me régale devant les averses, j'adule les tempêtes, le diluvien, les bourrasques, la grêle qui gicle sur les chaussées et les toits. Dès que l'orage éclate, je rêve de voir les gouttes inonder les rues, je les encourage à noyer la ville sous un bouclier liquide. J'ai un faible pour la bise importée du pôle Nord, les gants fourrés, les bottes à crampons, les pelisses doublées, l'attirail des grands froids qui obligent à colmater les issues. L'hermétique est mon allié. On n'a plus à subir l'intrusion des bruyants, ils se cloîtrent chez eux. Les défoulements de la nature protègent du bruit des autres, de leur sans-gêne impudent. Malgré moi, j'en veux aux ouvriers, leurs travaux nous tourneboulent et leurs horaires commandent aux nôtres. Leurs tâches sont ingrates, mon animosité à leur égard m'embarrasse, mais ils figurent – force est de l'admettre – aux avant-postes des bruyants. Qu'y peuvent-ils ? Il faut bien que les travaux se réalisent. Oui. Néanmoins, pour atténuer le dommage, il suffirait d'un zeste de politesse. D'un protocole de courtoisie : prévenir les résidents et riverains, s'excuser du désordre, s'arranger pour les horaires, fixer une durée. Prendre en considération l'intérêt de tous. Une sorte de contrat moral entre gens civilisés. Ne pas imposer sa loi. Ne pas décider unilatéralement du début et de la fin du chambard, de ses interruptions, de ses reprises.

Reconnaître la nuisance, c'est déjà l'amoindrir. Ou mieux encore : en négocier les modalités, *a fortiori* quand on bricole. Mais ils n'ont cure de ce principe, les bruyants. Ils s'accordent tous les droits. Personne ne les convie, ils entrent quand même. Les voleurs de silence, les termites du cerveau, les envahisseurs bardés de pétulance avec leur panoplie d'excrétions sonores. Ils sont interchangeables, omnipotents, les bruyants, ces soudards qui nous exproprient, qui nous exilent de nous-mêmes.

*

Travaux nécessaires, nuisances inévitables ? Il est vrai que les ouvriers sont contraints. Et pourtant, rien de fatal : les solutions abondent. Les fabricants ont de la ressource. La technologie ignore l'infaisable : elle met des télescopes en orbite pour scruter l'univers, conçoit des bathyscaphes pour sonder les abysses, des microscopes qui épluchent les atomes, des accélérateurs qui cassent les particules. Elle clone des embryons, implante des cornées biosynthétiques qui restaurent la vue des malvoyants, analyse l'ADN d'animaux fossiles vieux de deux cents millions d'années. Et voilà que pour de simples travaux, il lui serait impossible d'enrayer le vacarme ? Frappée de quelle impuissance serait-elle incapable d'empêcher la perceuse de nous percer les tympans en même temps que le mur ? la tondeuse de nous raser le cerveau en même temps que le gazon ? le marteau-piqueur de nous fourrager le cortex ? Des mesures administratives régleraient aisément l'affaire, et pour le bien de tous. Si les pollueurs devaient dédommager les pollués, ils mettraient la pédale douce. Les fabricants suivraient. Renouveler le matériel les servirait. Les nuisances faibliraient. On serait sauvé de cette démence.

C'est à ne pas y croire.

Au royaume de Jeannot Lapin, dans les vignobles et les vergers, les oiseaux, corneilles, étourneaux, se sucrent le bec. Ils se délectent des fruits à chair tendre, raisins et cerises. Deux mois par an, quand les branches croulent sous les billes écarlates et que les ceps présentent leur pulpe éclatante, on entend des canons effaroucheurs à gaz tonner toutes les trois minutes, depuis l'aurore jusqu'au crépuscule, pour chasser les intrus. Même sanction contre les sangliers. Ces appareils, on les appelle des « tonne-fort ». Il existe aussi des canons rotatifs informatisés qui tirent des salves aux cadences variables, et des hurleurs électroniques qui imitent les appels de détresse des espèces prédatrices. Les détonations équivalent à celles de canons à poudre. Villages paisibles, fermes au milieu des champs, résidences secondaires pâtissent de cette technique. Les coups de canon cisaillent les vieillards qui somnolent, les journaliers qui se reposent, les pêcheurs au bord des rivières, les marmots au sein. Vingt déflagrations par heure, seize heures par jour. Encore heureux si la nuit les suspend : on en entend sous la lune.

Dans la lutte menée contre cette démesure, peu d'espoir d'être aidé : les maires sont des paysans ou vignerons eux-mêmes. La maréchaussée n'est pas plus active : l'écharpe tricolore trinque avec l'uniforme. D'un commun accord, producteurs, édiles et gendarmes veillent au grain. Puisque les oiseaux qui picorent nous spolient, déclarent-ils, on les expulse. À défaut de les exterminer, car les lois les protègent.

Bien que deux buses adroitement dressées suffisent à chasser les volatiles gloutons sur vingt-cinq hectares sans coup férir, le nombre de ces appareils augmente si vite qu'ils investissent la totalité des terroirs. Les paysans ont essayé d'autres dispositifs, klaxons à air, cliquètements de moules à tarte, serpentins en aluminium, fils vibrants, mais avec moins de succès. À la rigueur, ils usent de lumières clignotantes quand la lumière est faible, et de miroirs qui éblouissent quand le soleil resplendit. Trop de corneilles, trop de raisins, trop de cerises, trop d'intérêts en jeu : les canons à gaz prolifèrent.

Les épouvantails en forme de faucon, les chouettes et serpents empaillés, les mannequins aux habits de vagabonds effarouchaient sans bruit. Ils appartiennent au passé. Désormais, entre les épis blonds et les arpents de vigne, pour chasser les oiseaux, on tire sur le silence.

*

Les « tonne-fort » secondent dans les campagnes le ronflement des éoliennes. Ces machines à détruire les charmes du patrimoine et la paix des sites se multiplient dans les plaines, sur les crêtes et la mer. Ce qu'on appelle la modernité se soucie peu de la laideur. Quand le gain est en jeu, elle y consent de bonne grâce. Je crains même qu'elle ne s'y complaise. Un ancien collègue avait dégoté une maisonnette en Haute-Marne à l'extrémité d'un joli hameau qui dominait la vallée. Il y jouissait d'un incomparable silence. L'an dernier, une éolienne fut érigée à une encablure. Plus un instant sans le froufrou des pales. Il prévoyait de couler sa retraite en ce lieu béni. Adieu le bonheur. Le cœur navré, il a mis la maisonnette en vente. Avec les éoliennes, prenez garde : dorénavant, s'installer en zone rurale expose les amoureux du calme et de la beauté à de terribles déconvenues.

*

Pareille menace avec les pompes à chaleur. Collées à l'extérieur des habitations, elles brassent l'air sans discontinuer grâce à un compresseur à peu près aussi bruyant qu'une moissonneuse-batteuse.

Quand vous avez une pompe à chaleur à quelques mètres de chez vous, finie l'insouciance. Le sommeil aussi.

Que des ingénieurs aient pu imaginer un tel système, des entreprises le commercialiser et des gens l'installer, j'en reste coi.

Ces pompes sont de plus en plus nombreuses.

*

Les vuvuzelas ont fait de la Coupe du monde de football en Afrique du Sud l'événement sportif le plus bruyant de l'histoire.

Les joueurs, sur le terrain, ne s'entendaient plus. Les reporters ont dû filtrer les ambiances pour transmettre leurs commentaires.

Depuis, les vuvuzelas s'exportent par avions-cargos dans le monde entier, destinées aux jeux du stade, aux manifestations syndicales, aux parades.

*

Les voyages en car, outre qu'ils sont peu onéreux, permettent un contact particulier avec les pays qu'on traverse. L'œil peut errer à volonté sur les habitants des bourgs, sur les cours d'eau, les plaines, les collines poussiéreuses, les panoramas fastueux. Jeune, j'ai parcouru dans ces conditions plus de kilomètres qu'un tapis ne compte de points. Le maître mot était : tranquillité. C'est l'autre nom de la liberté : aucun parasite d'aucune sorte.

Longtemps, j'ai cultivé cette habitude. Puis, voilà quelques années, j'ai voyagé en autocar de Zagreb à Dubrovnik. Lors de ce voyage, la radio du chauffeur relayée par les haut-parleurs encastrés dans les sièges resta allumée durant tout le trajet.

De même lors d'un voyage de Tanger à Casablanca. Et d'un autre, de Madrid à Lisbonne.

Toujours lors d'un voyage en autocar, mais cette fois de Damas à Alep, ce furent des écrans de télévision dévidant des romances au-dessus de chaque siège. Et, en turc, d'Istanbul à Sivas.

Maintenant, à l'idée de voyager en autocar, j'ai l'estomac qui se retourne.

*

Le massif du Mont-Blanc est l'un des endroits les plus nocifs d'Europe : hélicoptères à flux tendu, vols panoramiques des avions de plaisance, exercices d'atterrissage sur les glaciers, ULM dans les vallées, randonnées en 4 × 4 à travers les forêts de mélèzes, dans les tourbières, le lit des ruisseaux, cavalcade incessante des dameuses et des motoneiges l'hiver, des tronçonneuses l'été, jusque dans les villages perdus au bout de tous les sentiers. Triomphe du cylindre, de l'hélice, du rotor aux sons amplifiés entre les parois, d'une vallée l'autre, où les cortèges de poids lourds pataugent dans un grondement saturé d'émanations huileuses, décibels et diesel sous un même ciel empuanti d'effluves assourdissants. Pollution sonore, olfactive et visuelle en une convergence des attaques contre les poumons, les narines et l'ouïe.

Délire semblable en bord de mer. Sur la Côte d'Azur, les hors-bord de six cents chevaux s'additionnent aux turbines des jet-skis sans parler de l'incontinence des autoradios. Sur les plages de la Manche, les engins de nettoyage comme à Deauville le matin aplanissent le sable durant des heures en un va-et-vient de rouleaux compresseurs et de pelleteuses dont le raffut se mélange aux relents de fuel, transmuant la splendeur marine en carrière d'extraction minière. Des agences de tourisme organisent la visite des châteaux de la Loire en hélicoptère. Photographiés d'en haut, Chenonceaux, Chambord, Azay-le-Rideau, Amboise résonnent des pales qui tournent au-dessus d'eux. Saccage du silence à l'instar des paysages aux entrées de villes assassinées par les entrepôts, les hypermarchés, les panneaux de réclame. Bombardement de décibels en corollaire des urbanismes bétonnés où tourbillonnent les fringales d'une modernité qui file vers l'inconnu à la vitesse du son. Outrages aux tympans dans les rues où la répétition monomaniaque des basses sur les mêmes tempos lourds s'assène par les vitres baissées des automobiles, comme si les passants devaient se réjouir d'être conviés à ce partage où s'exhibe dans chaque tour d'ivoire l'insolence du chacun pour soi. Papier des sacs qu'on froisse au cinéma, où l'on puise des choses à grignoter, pop-corn, sucreries, où l'on échange des blagues à voix haute, on s'esclaffe, on dérange, on s'en moque, on est reine et roi. Mode des spectacles son et lumière. Rodéos de quads sur les places de villages. Dans les gymnases body-pump aux sonos frénétiques, dans les piscines aquagym où des pantins grassouillets gigotent sous la férule hallucinée d'un gourou en short. Villes sonorisées pour l'animation estivale comme on colorise les films. Variations infinies sur le même thème usant. Quêtes désespérées d'un coin de paix dans un monde qui se convulse. Silence d'autrefois au ban de la société, dans les interstices du tohu-bohu, ce nouveau Moloch.

Notre civilisation ressent généralement, bien que d'une manière diffuse, un certain appauvrissement de ses ressources littéraires sous l'effet de la violence et de l'avilissement infligés à la langue au sein de la culture de masse et de la démagogie contemporaine.

GEORGE STEINER,
Langage et Silence

Jamais une société n'a été aussi éloignée que la nôtre des hauteurs spirituelles. La place du sacré, comme celle du silence, s'estompe. Détournés des consolations divines, apeurés par le flou de l'avenir, enfermés dans le présent comme dans un souterrain, nous adorons ce qui nous leurre. Société du bruit, société idolâtre : elle immole la quiétude aux dieux de l'étourdissement. Sortir, s'activer. Rompre le cycle des habitudes pour fuir la solitude et l'ennui.

Tout prédispose au rejet du silence. Le progrès

a perdu ses promesses, le cérémonial rebute, on a taillé des croupières aux aïeux, brocardé les traditions, fendu les tabous à la hache : inutile fierté. Les désirs restent des labyrinthes. Quêtes frustrantes, rêves décevants. Qui peut nier que l'ennui veut des plaisirs légers ? On met la gravité en sourdine pour occulter le désarroi. Beaucoup de clameurs pour des baudruches. En vogue, les talk-shows télévisés aux rires paillards, le bas-ventre partout sur le Net. La vidéosphère régente, accoudée à la blogosphère : l'image sans contexte et le clapotis sans recul. Hyper-démocratie où chacun s'autorise de soi-même, à l'instar des blogs justement, cette logorrhée aux mille verrues, aux mille vertus, le pire avec le meilleur. Ce bruit de fond tente de combler la vacuité des attentes. Bavardage tous azimuts pour substituer l'illusion des échanges aux réalités amères dans un déferlement de news, de scoops, d'avis et d'aveux. Le devoir de s'extérioriser a balayé toutes les retenues : « Soyez vous-même », « Exprimez-vous », « Ne gardez pas secret ». Aux profondeurs patientes s'oppose l'action urgente. Alors triomphent le son, le vite et le bref. Zapping. Le contemporain raffole du paraître, corollaire de la possession : « Montrez ce que vous êtes en exhibant ce que vous avez. » Règne des surfaces. Cette tendance évide le for intérieur, assèche la substance. Le consumérisme avale ce qui séjourne en dedans : déifier le veau d'or se paye de l'oubli de soi. Le verbe *gérer* se cuisine à toutes les sauces. Ce culte de la gestion met le tangible au zénith et l'invisible tout en bas. Derrière ce qu'on voit, rien à voir : société plate, sans poésie, manteau purement prosaïque qui a perdu sa doublure de mystères. Le mercantile fait masse. Trop de matière, trop peu d'esprit. Voyez les humoristes : ceux qui dominent tapent dans le gras. Nous sonnons le creux. Il est compréhensible que, dans ce monde désenchanté, la préférence aille aux ivresses du tumulte plutôt qu'aux rêveries du silence.

Lenteur et bruit se contredisent. Attendre devient trop long, fouiller fatigue. La curiosité se transforme en passe-temps. Tout au galop, même la culture. Paul Virilio, dans *La Procédure silence*, le formule d'un trait : « Alors que le théâtre et la danse – ces arts de la présence immédiate – exigent encore une attention prolongée, nous estimons les arts plastiques instantanément ou presque. » Et il ajoute : « D'où ces hurlements de l'art contemporain pour tenter de se faire entendre *sans attendre*, c'est-à-dire *sans nécessiter l'attention*, ni la réflexion prolongée de l'amateur. » S'adonner à l'abject, flatter l'ignoble, privilégier le gore pour que, dans le tohu-bohu généralisé, le talent se repère, effectif ou non : fabrication de l'obscène, victoire du haut-le-cœur avec le sexy trash en tête, photos d'hécatombes, de scènes putrides au pinacle. Ostentation, esclandres, sifflets et bravos résonnent dans le crépitement des rôles. En parallèle, l'intellect dévale les marches de l'estime : il gît aux pieds du comptable, du boursicoteur, du rentier. Il s'est tellement déprécié qu'on le rémunère à la pipette. La musculature fait de l'athlète un nabab, la matière grise du chercheur un impécunieux.

*

Voici en effet le stupéfiant paradoxe : dans une société de la connaissance comme se veut la nôtre, on s'attendrait au respect du savoir, et, pour condition première, aux égards envers le silence. Rien de tel : apprendre, penser, approfondir ne bénéficient d'aucune considération. Ce n'est pas vraiment du mépris, plutôt de la négligence. Le savoir est un bien nécessaire qu'entache un dédain tacite. L'État le sous-paye, les entreprises le recrutent par strict besoin, les intellectuels précaires, sevrés d'emplois, se contentent des miettes que la prospérité leur concède. L'école rayonnait, on se glorifiait d'être professeur : aujourd'hui, peu s'en faut qu'on ne s'excuse. On célèbre les études pour les carrières qu'elles réservent, mais pas l'étude elle-même : le concours ardu, la thèse opiniâtre, les documents d'archives déchiffrés à la loupe, les calculs compliqués, même la correction de copies, la préparation de cours ou la simple lecture, toute cette activité de neurones indiffère les stridulations de la rectifieuse cylindrique à meule de la fabrique d'à côté. Le labeur du lettré passe pour du loisir, le chercheur pour un prébendier, l'intellectuel pour un gandin.

Monde d'objets où rien ne dure, où l'on accumule l'éphémère. Le silence se jette comme les travailleurs et comme les amours. On est impatient de résultats palpables. Aller au plus pressé, s'exciter sur le transitoire, se hâter par des raccourcis. Dans les universités, les étudiants désertent les sciences pour la banque, le marketing et les stratégies commerciales. Ils abandonnent la littérature, grande consommatrice d'heures studieuses, au profit de la com, cette roublarde.

La guerre implacable menée depuis trois décennies contre l'enseignement des lettres assombrit encore le tableau : toujours moins d'heures pour cette discipline qu'on a ravalée à une boîte à outils. Les richesses de la langue suivent la pente. On la racle, on l'anémie. On la veut passe-partout, on range les hautes œuvres au placard. Récemment, la « Librairie de France » à New York, au rez-de-chaussée du Rockfeller Center, fondée en 1935, a fermé ses portes. Le montant du bail à renouveler excédait ses capacités financières. Le *New York Times* s'est ému de cette disparition. Le service culturel de l'ambassade n'a pas cillé. L'article où j'ai puisé cette information conclut : « Le pays de Montaigne regarde mourir, dans l'indifférence, l'unique vitrine, là-bas, de son génie et de son humanisme. À croire qu'ils sont bel et bien révolus. »

Avec les humanités, c'est l'esprit qu'on abandonne aux mirages du fracas et de l'instant bavard.

*

Ce qui n'est d'ailleurs pas tout à fait nouveau.

L'écrivain Georges Duhamel, devenu pacifiste après la Grande Guerre, fit paraître en 1962 un livre qui s'intitulait *Problèmes de civilisation.* Il s'y félicitait de la création d'un *Bulletin de la Ligue française contre le bruit* et, dans un chapitre intitulé « Le siècle du bruit », il racontait comment, lors de ses randonnées dans la vallée où il passait ses étés, qui n'était troublée jusqu'alors que par les sonorités de la faune, il devait endurer désormais la musique échappée des maisons et des transistors apportés par les promeneurs. Ce constat l'amena à présager les risques qui, en raison du bruit, pesaient sur « l'activité intellectuelle d'un peuple hautement civilisé, mais que les débauches de la technique et de l'industrie pourraient faire retomber dans l'ignorance et la grossièreté ».

Georges Duhamel avait l'ouïe fine.

Aldous Huxley aussi. « Le XXe siècle est, entre autres choses, l'Âge du Bruit », note-t-il en 1945 dans *La Philosophie éternelle.* Et il précise : « Le bruit physique, le bruit mental et le bruit du désir », l'absence de désir étant, pour Huxley le mystique, « la condition de la délivrance et de l'illumination ». Rien d'étonnant : où le silence élève, le bruit abaisse. L'esprit efface les limites que fixe le bruit. Où le silence étend l'esprit jusqu'à l'infini, le bruit le comprime jusqu'à l'étouffer.

Autre écrivain lucide : le 8 octobre 1958, dans les carnets qu'il réunira dans *De profundis Americae*, Henri Thomas, excédé par ce qui entravait ses travaux de traducteur et de poète, écrivit qu'on « ne méprisera jamais assez la religion du dollar et de la technique. Si les autos sont nécessaires comme ils le disent ("la vie est impossible sans une voiture"), alors l'abrutissement par le bruit est nécessaire aussi ».

Depuis Henri Thomas, au-delà des voitures, l'abrutissement a fait des progrès.

*

Personne n'ignore que les cancres sont à leur affaire dans les classes turbulentes, où les élèves méritants se noient. Le jacassement distrait le groupe, le chahut le désintègre. Faute de silence, pas de réussite. Les monastères fondent la piété sur cette règle évidente : pour accueillir la parole divine, il faut se taire. Pareillement, le silence s'impose pour accueillir celle du maître. Impératif battu en brèche : les salles de cours sont des volières. Interdire aux élèves de téléphoner en classe semble à beaucoup un sacrilège. Enseigner, métier à risques : quelle meilleure preuve du discrédit qui fait du savoir une guenille et du silence un joug ?

Les élèves transportent la société tout entière dans leurs cartables : ses gadgets, ses PlayStation, ses iPad, ses jeux en ligne, son tumulte.

Il est certain que, dans un environnement bruyant, l'inspiration s'alourdit et que les méninges se traînent. Élaborer un plan complexe requiert une paix confiante. Même un questionnaire à réponses multiples en réclame. Ni l'attention ni la raison ne résistent aux ailes d'un moustique. Pascal, dans ses *Pensées*, à propos du philosophe : « Ne vous étonnez pas s'il ne raisonne pas bien à présent ; une mouche bourdonne à ses oreilles ; c'en est assez pour le rendre incapable de bon conseil. »

Il faut vivre en *live*. La vitesse croissante de circulation des données, des informations, des transferts financiers, des échanges commerciaux nous dérobe le temps que pressure l'actionnaire. Les délais sont proscrits, la flânerie paresseuse, la syntaxe superflue. Les longues phrases, avec leurs entrelacements de propositions, rejoignent la langue châtiée au rayon du temps perdu. Proust qui, écrivant dans son lit, boulevard Haussmann, protégé des bruits de la rue par les plaques de liège qui couvraient les murs de sa chambre, parle dans *Sodome et Gomorrhe* de « la plénitude nourricière et charmante du silence », n'aurait plus même l'idée d'écrire *La Recherche*. Trop de subtilités, trop de détours. On le prendrait pour un esthète, pour un nuisible. Des phrases longues d'une page ! Solution : en faire un téléfilm, de qualité si possible.

Un loisir improductif est, d'un point de vue économique, un scandale. On a troqué la plume contre l'ordinateur et le plomb d'imprimerie contre l'électron : gain de temps fabuleux. Mais au prix fort : la surface des écrans supplante les plis du papier, la vidéosphère la graphosphère, la vie immédiate la longue durée. Les experts succèdent aux savants, les bateleurs aux poètes, l'émotion réflexe à la pensée construite, l'usage du pidgin à la maîtrise de la langue, et l'apoplexie sonore aux méditations. Quant à ceux qui souhaitent encore lire, écrire, ou simplement converser comme des sages, qu'ils vivent sous cloche.

*

On peut aussi se boucher les oreilles. Malgré le marteau-pilon qui vous torpille, vous vous échinez sur l'article à remettre après-demain au plus tard. Les boules Quies en cire permettent une réduction de 27 décibels. Les tampons en mousse une réduction de 32. Sachant que le niveau sonore d'un marteau-pilon est de 120 décibels, cette différence de 5 unités entre la cire et la mousse a son importance.

Seulement, la perspective de travailler avec des obturateurs plantés dans le cérumen vous décourage – vivre sous boules Quies, comme on dit vivre sous tranquillisants. Pour respirer, la pensée a besoin d'air. La frustrer de l'atmosphère ambiante l'étrangle. Le silence artificiel ampute les facultés. Ce n'est donc qu'une solution provisoire, en désespoir de cause, avec des remontées régulières à l'air libre.

*

Avant, dans les transports en commun, les gens lisaient – littérature classique, romans policiers, d'espionnage, d'amour, journaux. Maintenant, grésillement des baladeurs et conversations des mobiles. De l'œil à l'ouïe, changement de registre. Le cerveau s'y déplume. Curieux mélange d'autarcie où chacun érige un quant-à-soi étanche, et de tribalisme où chacun se croit chez soi parmi les autres. On diffuse à la ronde ses joies et tracas privés, sans souci des intimités. Baigner dans le bruit, en faire, s'y engloutir, sombre avenir.

Dans *Bruits*, « Essai sur l'économie politique de la musique », Jacques Attali rapporte les propos tenus en 1975 par un responsable de l'entreprise Muzak qui expliquait que cette dernière ne vendait pas de musique, mais des programmations. Par exemple, pour un restaurant, au petit-déjeuner, des programmes de nouveautés, sans trop de cuivres. À midi, pour le déjeuner, des chansons accompagnées d'instruments à cordes. Pour l'usine ou le bureau, des airs qui suivent la courbe de fatigue. « Le marché peut être tranquille, observe Attali : les hommes ne se parlent plus. Ni d'eux-mêmes ni du monde. Ils laissent parler entre elles les marchandises somnambules, ultimes sujets de leurs conversations. »

J'ai conscience que moi-même j'ai besoin de fuir l'avenir indécis, les rigueurs de l'époque, et que les horizons que je m'ouvre par la rêverie, la littérature, le cinéma, la musique, me dissimulent ce que je redoute. J'en suis certain, cet imaginaire que le bruit pollue me sert d'écran contre les angoisses que tous nous affrontons en nous débrouillant pour les esquiver, chacun selon ses moyens. En vieillissant, je me retire lentement de l'agitation qui m'entoure, comme si, pareil à tant d'hommes et de femmes aux cheveux gris, je me recueillais avant l'heure de la mort. Inconsciemment, je m'y prépare. On traite de mal embouchés ceux qui détestent le bruit. On se gausse des vieux qui s'en plaignent, voire on les méprise. Mais c'est oublier qu'il faut beaucoup d'énergie pour vivre, et beaucoup d'énergie encore pour supporter les sons abusifs. Le lent retrait de la vie offre une réponse à l'angoisse du néant, tout comme, dans les siècles passés, les libertins accueillaient la foi dont ils ricanaient jusqu'alors. En me noyant dans l'ici et le maintenant de l'agitation, le bruit m'inflige une leçon de réalité que je voudrais méconnaître. C'est plus qu'une gêne : une souffrance.

Dans le même temps, je regarde les jeunes, j'en fréquente, j'aime la vitesse de leurs neurones, je les admire d'être tout neufs. Et par là même, je m'irrite de la médiocrité dont l'hégémonie du bruit les menace.

Cette tendance ne peut qu'alarmer l'humaniste. Au-delà des questions d'âge, tout individu qui s'est bâti une solide conscience de sa personnalité s'est bâti un univers à défendre. Ce n'est pas une bulle qui l'isole d'autrui, mais un territoire voulu, souverainement acquis. Si le progrès a un sens, il commence par la reconnaissance du for intérieur et du droit de le préserver des intrusions vicieuses. Parmi celles-ci, en première ligne, les moyens qu'utilisent les managers du divertissement. Quand m'atteignent les sons d'un baladeur écouté les yeux vides, d'un spectacle télévisé vulgaire, d'une émission de radio à vomir, d'une musique lamentable, cet envahissement m'emplit d'un sentiment de révolte parce que, derrière ces veuleries verbales et ces refrains bécasses, s'incarnent les étouffoirs qui empêchent de rêver, cogiter, imaginer ce qu'on veut. Mon sentiment se légitime par mon droit d'être libre. Je refuse de servir de cible au décervelage. Je ne défends pas seulement mon univers, mais le principe qui, fondant une distinction tranchante entre l'individu et la communauté, creuse entre la démocratie et le despotisme un abîme.

On ne tient pas assez compte du fait suivant : en république, l'espace public doit être absolument neutre. Neutre sur le plan religieux, neutre et vierge de violences, neutre et vierge de pollutions. Et neutre et vierge aussi sur le plan sonore, condition de notre liberté.

Milan Kundera déclara un jour qu'à son arrivée en France, il fut surpris par l'envahissement de la publicité qui lui rappelait la propagande totalitaire. Slogans politiques, opium des rengaines *ad nauseam* des radios branchées, temps de cerveau disponible pour les spots de réclame, programmation de la servitude volontaire : c'est la méthode largement éprouvée pour manipuler électeurs et clients. De l'ordre botté à l'ordre abruti, la même fonction du bruit : assommer. Et moi, comme beaucoup d'autres, je prétends de tout mon être, viscéralement, me soustraire aux efforts qui voudraient me transformer, de citoyen réfléchi, en urne qu'on bourre.

Modernité du bruit. J'ai lu ça sous la plume d'un architecte acousticien. Modernité, *ultima ratio* des sophistes. Le bruit est-il ancien ou moderne ? Foin de ce débris d'anciennes querelles. « Sans conteste il est moderne ! s'exclament les réalistes : il exprime une vitalité où se diagnostique la parfaite santé d'un pays. Le signe d'une économie en expansion, d'un PIB dynamique ! Visitez la Chine, tout explose, la croissance, l'industrie, le commerce, le nombre de nouveaux riches, le bruit : celui des constructions, tours vertigineuses, usines, vieux quartiers dynamités, celui des automobiles par dizaines de millions, de l'activité frénétique ! » Chargées de décibels jusqu'à la gueule, les villes de Chine prouvent que le pays décolle à la verticale. « Ou bien, affirment-ils, la civilisation du bruit, la nôtre, représente le tribut à verser pour le confort matériel. Un inconvénient obligé, un grain de sable dans la chaussure. Le monde est bruyant, rançon du progrès ! Les passéistes voudraient qu'on revienne en arrière, mais on ne revient pas en arrière ! » Voilà ce que proclament les légions de l'avenir triomphant.

D'ailleurs, argumentait l'acousticien, la société d'autrefois, celle d'avant le progrès, était plus bruyante que la nôtre. Par rapport à elle, nous jouissons d'un silence incroyable.

Mais c'est se méprendre : il y avait moins de bruit, et on le supportait mieux.

Dans les sociétés de tradition orale, où la plupart des activités sont intégrées à la vie collective et, de ce fait, codifiées par la coutume, les gens affichent à l'égard du bruit une tolérance sans commune mesure avec la nôtre. Ainsi, dans l'ancienne société, les gens infusaient dès leur plus jeune âge dans la confusion des voix villageoises, les vocalises des veaux, vaches, cochons, les roues des charrettes sur les pavés, le martèlement du forgeron, du chaudronnier, du charpentier. Au sein de la vie rurale, hommes et bêtes mélangeaient leurs odeurs et leurs bruits. Les spécificités de nos cinq sens dépendent du bain culturel où l'enfance nous plonge : on voit ce que voient les autres, on entend ce qu'ils entendent. Nos ancêtres partageaient de bon gré les traditions, les mœurs, les costumes et les sons. L'aspect communautaire renforçait la porosité des comportements que récuse, de nos jours, l'individualisme. Dans les étroites ruelles, l'accolement de leurs demeures faites de bois, de briques creuses, de terre mêlée de paille, conférait au destin des familles, où coexistaient les générations, une tonalité collective dont se protège jalousement l'intimité du *chez-soi* moderne. Leurs âmes ne leur appartenaient qu'en partie, hantées par celles des morts sous le regard du bon Dieu. Les curés chassaient les démons des âmes possédées, jetaient les sorcières au bûcher. L'excommunication valait peine capitale. Les juges appliquaient la question aux criminels, imprimaient sur les corps l'autorité de la loi. L'individu en tant que tel restait dans les limbes. À peine s'il figurait sur un registre d'état civil. Souvent sa date de naissance était flottante. Un flou nimbait son identité. Il ne bénéficiait guère de la liberté de conscience, ni de l'autonomie de jugement. Les gens d'autrefois ne disposaient pas des contours qui caractérisent l'individu depuis la Renaissance, surtout depuis les Lumières, et qui le caractérisent toujours davantage. Leur vie intérieure, imprégnée d'oralité, différait de la nôtre, façonnée par les livres. Dans nombre de pays du Sud, faiblement alphabétisés, où prime le collectif, on retrouve la même tolérance au bruit. Et les populations qui, de nos jours, en proviennent, transportent cette tolérance dans les pays du Nord, source de conflits entre communautés. Les sons qui ne sont que des bruits pour le Sud deviennent du bruit pour le Nord. Il est de bon ton d'ignorer le problème. Ou plutôt, de feindre de l'ignorer. Du coup, au lieu de le traiter, on le laisse en plan. Et, par suite, la xénophobie s'en nourrit, affamée d'alibis, prête à se jeter sur tout ce qui sert ses ressentiments.

*

Pour bien préciser : autrefois, dans nos villages et même dans nos villes, il y avait les sons du quotidien, mais aussi un son particulier, d'une tout autre nature, le son du désordre, volontaire et vindicatif, qui tranchait sur les sonorités coutumières et qui constituait, précisément, du bruit. Ce son se différenciait des sons habituels auxquels les gens ne prêtaient pas garde, qui pour eux n'étaient pas du bruit, mais simplement des bruits. Ce bruit particulier, c'était le charivari pratiqué sous les fenêtres closes des mariés mal assortis, et des veuves et veufs qui se remariaient trop tôt. Ce bruit qui était du bruit, qui se voulait du bruit, qui était laid, malfaisant et public, dénonçait, pour la gouverne générale, l'entorse aux conventions. On peut en dire autant du carnaval, mais qui est joyeux. Le charivari n'avait rien de joyeux : ce chahut de casseroles, de sifflets, de crécelles et de huées humiliait la décision personnelle qu'avait prise, contre le conformisme de la communauté, le couple stigmatisé. Ce rictus sonore fustigeait, à travers l'acte individuel, le vœu de plaisir. C'était cela, le bruit. Il ne participait d'aucune manière aux bruits que les membres des bourgs et villages accueillaient sans même y songer, et qui pour nous, gens d'aujourd'hui, seraient une torture.

*

Le 14 août 1853, Flaubert écrivit à Louise Colet : « Quel boucan l'industrie cause dans le monde ! Comme la *machine* est une chose tapageuse ! » Heureuse époque. Quand les machines s'arrêtaient, le silence revenait. La musique amplifiée n'existait pas. Les moteurs à explosion non plus.

*

L'architecte acousticien se trompait totalement : le bruit est actuel, pas moderne. Il se traîne en queue de peloton du progrès, dans l'arrière-cour de la modernité. Une intolérance croissante se révèle. Par son excès sous toutes les formes, où le voisinage prend l'aspect le plus perçant, le bruit est ressenti, chaque jour davantage, comme un mal outrancier. Des journaux, des magazines traitent du phénomène pour en relever l'insupportable. Son ubiquité horripile. Les résignations se lézardent, les protestations se consolident. L'urbanisme parvient si fortement à le réduire que, dans les immeubles soumis aux nouvelles normes de construction, on peut jouer du clairon à minuit sans gêner quiconque. Des municipalités toujours plus nombreuses font campagne pour le respect du silence. Un réseau de « villes lentes » se développe, où vivant moins vite, on vit moins bruyamment. Il existe des écoles où des pédagogues éduquent les enfants aux finesses de l'oreille. Des « hôtels du silence » fleurissent. Les TGV proposent des iDzen, voitures sans troubles sonores. Un parallèle se dessine entre la prévalence du Net et le rejet du raffut, comme si les internautes avaient besoin, pour écrire et lire les textes sur leurs écrans, de moments paisibles. La mise en ligne des millions d'ouvrages contenus dans les bibliothèques publiques va dans le même sens : pour travailler chez soi, il faut du calme.

D'un côté, le bruit s'aggrave, encouragé par l'atomisation sociale : chacun dans son monde se croit tout permis. De l'autre, la nuisance communément reçue comme normale, légitime, inévitable, change de statut. Le fléau croissant produit son antidote. De l'outrance naît le progrès : on s'avise peu à peu de la ringardise du bruit, tant et si bien qu'à terme l'on s'étonnera de l'indifférence montrée envers lui, dans la pratique sinon dans les lois, depuis si longtemps.

Du moins, on peut l'espérer.

D'autant que la technologie apporte son écot.

Déjà se fabriquent des murs antibruit qui absorbent l'oxyde de carbone, des revêtements routiers qui étouffent le roulement des pneus, des silencieux pour chaudières, des tôles sandwich viscoélastiques contre les impacts phoniques, des sous-coupes acoustiques qui isolent les planchers, du capitonnage extraprotecteur pour les groupes aéro-réfrigérants. À Bruxelles, on rencontre des machines à aspirer les feuilles mortes pourvues d'une pompe si discrète qu'il est impossible, même en s'approchant tout près, de savoir si elles fonctionnent ou non. Il existe des logiciels à télécharger sur les iPhone qui émettent des ultrasons contre les aboiements. Les voitures électriques aux cylindres inaudibles remplaceront les pistons à pétrole dans les trente ans qui viennent.

La société « Spectra », qui est installée en Alsace, bureau d'étude tourné vers l'ingénierie acoustique et l'insonorisation industrielle, a orné son logo de cette proclamation : « Architecte du silence. » Prenant en compte les normes européennes, la société souligne, dans sa présentation, l'importance de la réduction des niveaux sonores pour toutes les entreprises qui, dit-elle, doivent « se conformer à la réglementation en vigueur, ou à venir, et les avantages d'un environnement où les nuisances sonores ont été réduites sont multiples ».

La société « Gamba acoustique », qui s'est spécialisée dans la réduction du bruit des machines, des équipements techniques et des véhicules, s'adresse en ces termes à sa clientèle : « L'évolution réglementaire et la prise en compte des enjeux de santé publique, au travail ou dans l'environnement, s'imposent aux concepteurs, fabricants et utilisateurs de machines. » Et, pragmatique, elle ajoute : « La maîtrise du bruit de ces objets devient même un argument concurrentiel fort. »

C'est le nœud de l'affaire : l'économie de la connaissance conditionne notre prospérité future. D'où l'alternative : ou bien elle favorisera le silence, ou elle ne sera pas.

« Au commencement était le Verbe » (Jn1, 1). Ce qui veut dire aussi : la création n'est pas issue de ce qui est dépourvu de sens, comme un bruit, cela même qu'implique de nos jours l'image du big-bang.

RÉMI BRAGUE,
préface à *Virgile, père de l'Occident*
de Theodor Haecker

Quand l'éclat brutal d'un bruyant vous secoue, même sans volonté de nuire, vous le prenez contre vous. On y met de l'intention, on maugrée, on fulmine. L'interprétation confine à la paranoïa si le bruit dure ou se répète. Mais l'action d'interpréter crée spontanément du sens à la place de ce qui n'en a pas. Quel sens peut avoir la perceuse qui soudain déchire le silence, la mobylette en échappement libre qui réveille la moitié de la ville ? Sur la présence indue qui jaillit du néant, l'action d'interpréter projette son autorité. Ce n'est pas seulement la brutalité du son qui choque, ni sa soudaineté, mais son aberration. Interpréter l'éclat qui vous transperce, c'est le revêtir d'une volonté. On se sent moins entamé.

S'indigner a pour vertu de redoubler la riposte : l'intrus vous impose son désordre, s'indigner remet de l'ordre.

Faible réponse, mais qui soulage.

On peut aussi, quand on est de bonne humeur et que le bruyant paraît sympathique, insérer un coussinet verbal entre lui et soi. Le langage ôte à l'éclat son opacité, au bruit sa barbarie. On n'en saisissait pas le sens : l'échange de quelques mots l'humanise. Pour les Grecs, était barbare la langue des autres, y compris le latin : il y avait eux, les Grecs, nation civilisée, et, indistinctement, tout le reste.

*

En se cabrant, on déploie ses forces. Réaction bénéfique quand un bruit nous assaille : car alors on se crispe, on se replie, on se tasse, on a l'impression que l'espace se resserre. Tandis que la joie dilate, le bruit contracte. On se racornit, on peut se pétrifier même dans l'impatience exacerbée qu'il s'interrompe enfin. Le bruit est une douleur qui, si brève soit-elle, traduit un oppressant rétrécissement de l'être.

Nuit noire, vous êtes plongé dans le sommeil au premier étage de votre maison, un craquement au rez-de-chaussée vous en arrache. On dirait le poids de quelqu'un sur une latte du parquet, ou la porte de derrière qu'on force au pied-de-biche. Vous n'êtes pas un héros. Le craquement se reproduit. Vous tendez l'oreille en vous concentrant si fort qu'il vous semble que votre oreille s'élargit aux dimensions de la chambre, qu'elle descend l'escalier, qu'elle visite chaque pièce, qu'elle inspecte la maison de la cave au grenier, jusqu'au garage. Vous-même, ramassé, vous rapetissez. Vous vous sentez infime, une boule entre les draps. À nouveau le craquement. Pas de doute, quelqu'un viole votre domicile. L'émotion vous serre la gorge, vous dessèche la bouche. Vous vous redressez sur un coude, mais la peur vous laisse si peu de champ que, mulot anxieux, vous aimeriez rentrer sous terre. Cette contraction de la peur que produit le bruit suspect résume tout le bruit : il est ce qui nous amenuise.

*

Le cri de guerre terrifie. Il prive l'ennemi de ses forces, lui pompe son énergie, idéalement le laisse pantelant, offert à l'assaut, assez vulnérable pour que, d'une secousse, il s'effondre. Au vainqueur d'emporter ensuite les dépouilles.

Le hurlement des Stukas dans le ciel d'Ukraine en août 1941 terrorisait les troupeaux de civils et de soldats de l'Armée rouge qui s'enfuyaient vers l'est. Celui des kamikazes qui fondaient sur les navires US paniquait les équipages. Les voitures de police prennent leurs cibles en chasse toutes sirènes hurlantes.

Suspect, le bruit étreint. Violent, il tétanise.

*

Le tracteur muni d'une palette pour tasser le sable me poursuit. Il est sur mes talons, son moteur grogne. Je marche le long de la mer. Il est si tôt dans le crachin qu'on devine à peine, au milieu des nuages, la tache blanche du soleil qui se lève. Le tracteur s'est mis en marche à mon passage, à présent il me colle au train. Je presse le pas, il accélère. Impossible de lui échapper. Les sons gutturaux s'accompagnent d'un bip-bip-bip obsédant. Personne aux alentours, l'harmonie s'est rompue, tout est flétri. Je sens les battements de mon cœur enfler dans ma poitrine. Ils se dérèglent. Ils n'obéissent plus au rythme de la marche mais au halètement du tracteur. Je n'entends plus les vagues ni la pluie, je n'appartiens plus à mes jambes. Le bruit du tracteur m'étrangle, sa cadence me submerge. Sans le vouloir, je presse encore le pas. L'engin accentue la pression. Malgré moi, je me mets à courir. Je ne vois plus rien, mon souffle se raccourcit, je deviens robot. La masse obtuse se porte à ma hauteur. Son halètement m'affole. L'engin et moi allons de pair comme un esclave et son maître, moi l'esclave qui se hâte pour se libérer de ses chaînes, et lui qui m'escorte contre ma volonté, substituant sa cadence au rythme de mes pas, malédiction d'acier qui grogne à mes côtés.

*

Image d'un monde réconcilié : aux Pays-Bas, sur les grèves de la mer du Nord, on voit se découper dans le gris clair de l'aube des chevaux traînant des herses qui, en douceur, ratissent le sable.

*

En septembre 2010 je me suis adressé à la présidente de l'Association antibruit de voisinage pour recueillir des témoignages de cas douloureux. Parmi les nombreux messages, j'ai reçu un long exposé d'une déléguée de l'association qui relatait dans le détail les circonstances du drame qu'elle vit depuis des années à cause du hourvari d'un centre de colonie de vacances actif en toutes saisons juste à côté de chez elle : disco à fond dès le matin tôt, annonces incessantes par haut-parleurs, animations braillées l'après-midi, javas chaque nuit. « Quand j'ai eu le malheur de me manifester, la musique a été mise en permanence à l'extérieur, au plus près de mon domicile, même au moment des repas ou quand le centre était désert. » Un procès gagné n'a rien arrangé : détérioration de ses biens, injures, menaces d'atteintes physiques. Après ce témoignage, me faisant part de ses idées sur le bruit, cette personne écrit que, de tous, le plus mal vécu est le bruit évitable, celui que rien ne justifie, le bruit gratuit, parce qu'il est, note-t-elle, « en trop » dans notre lot de contraintes.

Pertinente remarque. Mais dans la Babel acoustique tous les bruits gênants sont, par définition, en trop. Une irruption du non-sens dans la sphère du sens – exemplairement lors d'un moment où l'on est concentré sur un but (chercher la solution d'un problème, admirer les constellations, écouter un concerto, analyser un bilan). Le bruit provoque une collision : deux univers incompatibles, l'accidentel absurde et la cohérence logique. Là un fragment de néant, ici un système rationnel. Pas de compromis possible, pas de moyen terme : uniquement le choc.

*

Dans *L'Étranger*, Camus décrit la scène fameuse où Meursault tue l'Arabe sans motif : « Tout mon être s'est tendu et j'ai crispé ma main sur le revolver. La gâchette a cédé, j'ai touché le ventre poli de la crosse et c'est là, dans le bruit à la fois sec et assourdissant, que tout a commencé. » Ébloui par la lame du couteau de l'Arabe, pris dans la chaleur incandescente et la sueur aveuglante, Meursault, par cet acte imprévisible que rien de sensé n'explique, « détruit l'équilibre du jour, le silence exceptionnel » de la plage où il a été heureux. Et il tire encore quatre fois, quatre balles dans le corps inerte. Le bruit sec et assourdissant du premier tir, acte impénétrable, sans raison, sans généalogie, qui ne vient de nulle part et ne mène nulle part, déclenche l'enchaînement inexorable dans la conscience abolie, illustrant l'excès où, en gros plan, s'exprime l'absurdité par excellence du bruit.

On se rappelle peut-être l'épisode, aux premières pages du *Voyage au bout de la nuit*, où Céline campe un colonel d'une bravoure là encore absurde, aussi absurde que la guerre. Un cavalier, son casque à la main, porte un message au colonel :

« Nos Allemands accroupis au fin fond de la route venaient justement de changer d'instrument. C'est à la mitrailleuse qu'ils poursuivaient à présent leurs sottises ; ils en craquaient comme de gros paquets d'allumettes et tout autour de nous venaient voler des essaims de balles rageuses, pointilleuses comme des guêpes.

L'homme arriva tout de même à sortir de sa bouche quelque chose d'articulé :

– Le maréchal des logis Barousse vient d'être tué, mon colonel, qu'il dit tout d'un trait.

– Et alors ?

– Il a été tué en allant chercher le fourgon à pain sur la route des Étrapes, mon colonel !

– Et alors ?

– Il a été éclaté par un obus !
– Et alors, nom de Dieu !
– Et voilà ! Mon colonel…
– C'est tout ?
– Oui c'est tout, mon colonel.
– Et le pain ? demanda le colonel.

Ce fut la fin de ce dialogue parce que je me souviens bien qu'il a eu le temps de dire tout juste : "Et le pain ?" Et puis ce fut tout. Après ça, rien que du feu et puis du bruit avec. Mais alors un de ces bruits comme on ne croirait jamais qu'il en existe. On en a eu tellement plein les yeux, les oreilles, le nez, la bouche, tout de suite, du bruit, que je croyais bien que c'était fini, que j'étais devenu du feu et du bruit moi-même. »

Ce bruit monstrueux de l'explosion, c'est l'exemple parfait du non-sens, de l'aberration au carré, de l'absurdité suprême. Il en savait un sacré bout sur le bruit, Louis-Ferdinand Céline, il en avait la tête farcie, il en met partout dans son œuvre, il en fait le trou béant par lequel passe le malheur des hommes. Et même, j'en verrais une illustration dans sa haine antisémite : le gouffre de l'inhumain où se perd la raison au profit de l'abject.

*

Pour rétablir la quiétude fracassée, il faut donner du sens au fracas, en dissoudre la déraison dans un ensemble ordonné. Lors du Blitz, en septembre 1940, au début des bombardements aériens de Londres, une jeune Anglaise que terrifiaient les explosions des bombes incendiaires quitta son logement pour se rendre sur les hauteurs de Hampstead, d'où elle embrassa du regard la ville. Elle écrit : « C'était une belle nuit d'été, incroyablement chaude, que le rougeoiement des docks à l'est rendait encore plus belle. Je tâchai de fixer cette scène dans ma mémoire, sachant qu'un jour cette nuit ferait partie de l'histoire. Je n'avais plus peur. » Elle dissocie le bruit des explosions de sa terrifiante étrangeté, et le mêlant à la beauté de la nuit estivale, elle le sublime en l'inscrivant dans la victoire à venir. Le plomb des énormes sons chus du ciel se transmue en l'or de l'Histoire. Ce n'est plus du bruit, mais un symbole.

Le cri de l'assaillant qui bondit du rocher où il se tenait, auquel l'assailli, d'abord surpris, répond par un cri farouche, transforme l'irruption en échange et l'effroi en puissance. Le bruit cesse alors d'être en trop, il égalise. Ce n'est plus du bruit, c'est un message : l'acceptation du combat, l'engagement d'un défi.

Les autistes profonds échouent à discerner si les sons qu'ils entendent viennent de l'extérieur ou de l'intérieur de leur corps. Dans l'incapacité de les identifier, ils ne peuvent les intégrer au système symbolique où chaque élément s'ordonne, avec, au premier chef, la frontière entre ce qui se meut dehors et ce qui se trouve dedans. Dans la douleur inouïe de ce brouillage, ils se bouchent les oreilles, se cognent aux murs, se roulent par terre, crient, mordent.

Le bruit se tient aux antipodes du Verbe. Inarticulé, inintelligible, impersonnel, informe, né de personne – en quoi il s'accorde avec la folle rumeur, avec le lynchage, avec la fureur insensée –, extrinsèque au langage, borborygme expectoré par l'idiot shakespearien, il annule l'humanité.

Ces huit dernières années, j'ai déménagé trois fois. Dorénavant, je voyage léger. Je me suis délesté des meubles encombrants et même de caisses de livres. La mobilité force à distinguer l'essentiel de l'accessoire. Déménager souvent rend philosophe.

La première fois, j'avais loué, après mon divorce, un appartement au premier étage d'un immeuble vieillot situé à un carrefour qui donnait sur un pont où l'on traverse la Marne, avec, à gauche en regardant le portail, une ligne de métro suspendue au-dessus du fleuve, à droite une église, et devant l'immeuble une avenue si embouteillée qu'il était préférable, lorsqu'on était pressé, d'emprunter le lacis de ruelles qui permettait de la contourner, quitte à s'y égarer. La présence des églises a quelque chose de doux. Leur proximité me plaît. Je la recherche.

Ni le bruit du métro, ni celui du périphérique, ni celui de l'avenue ne me dérangeaient. Aucun écran phonique ne m'en abritait. Le flux continu de ce brouhaha me convenait : trop de silence tue le silence. Plus il y en a, plus on entend les bruits. En conséquence, pour éviter que les bruits ne gênent, mieux vaut en supporter un peu. La rumeur des véhicules s'y prêtait. J'étais heureux.

Il arrivait que les jeunes de l'appartement d'à côté fassent la fête. La rareté de l'événement le rendait tolérable. Ce ne furent pas ces bacchanales qui me chassèrent.

Ce ne fut pas davantage le locataire du rez-de-chaussée. Ancien mineur, il toussait violemment dès qu'il se déplaçait dans le deux-pièces exigu dont il maintenait constamment clos les volets. Contraint de tousser, il n'y pouvait pas grand-chose, bien que ce fût horripilant, entre autres quand il faisait le ménage par crainte de toute poussière, une nécessité pour lui plusieurs fois la semaine et qui durait des heures. Comprenant les raisons de ce désagrément, je m'y résignais.

Ce qui m'a chassé, c'est d'abord, au carrefour, un restaurant qui proposait chaque soir du karaoké. Les chansons barrissaient jusqu'à l'aube. Un groupe de résidents se forma, rendit visite au restaurateur, protesta, renouvela les plaintes. Peine perdue : le karaoké attirait la clientèle.

Les démarches auprès des autorités échouèrent.

Puis, à proximité immédiate, débuta la construction d'un groupe d'immeubles hauts d'une vingtaine d'étages. Des pilons hydrauliques se mirent en batterie. Une grue dont la flèche culminait largement au-dessus du clocher de l'église grinçait en transportant des poutrelles qu'elle lâchait sur une dalle en béton où des ouvriers enfonçaient des tiges de ferraille à coups de masse. Ils ne portaient pas de protection auditive, ces ouvriers à la peau sombre sous leur casque de plastique bleu, les tympans usés par des décennies de vibrations, des tympans calleux, arides et secs, flambés. Une escouade de bulldozers repoussait des monticules de gravats que des excavatrices détachaient du sol en hurlant. Dès le point du jour, une noria de camions aux bennes surchargées de monceaux de boue défilaient dans le rugissement de leurs cylindres, le bégaiement de leurs avertisseurs de recul et le crissement des pneus qui s'extrayaient de la glaise. Dès lors, la vie tourna, comme on le dit du lait. Travaux la journée, karaoké la nuit, et aucun recours. Travailler chez soi, se délasser, lire, converser même furent bannis. L'étrange quiétude à écouter l'écoulement du fleuve, les passages du métro, l'avenue embouteillée, disparut. Une seule issue : fuir.

Ce qui est entendu ne connaît ni paupières,
ni cloisons, ni tentures, ni murailles.

PASCAL QUIGNARD,
La Haine de la musique

Pour beaucoup de gens, le bruit est un bienfait. Non seulement il ne les dérange pas, mais ils l'aiment. Il leur est impossible de comprendre qu'on veuille s'en délivrer, *a fortiori* qu'on l'abhorre. Ils le convoitent, ils le cajolent. Le bruit leur est une seconde nature. Ils s'en enveloppent, pareils aux apiculteurs qu'entoure près des ruches un essaim d'abeilles. Ils l'enfilent comme on se chausse. Pas une heure sans bruyant cortège. Le silence les inquiète, le bruit les rassure. Ils vivent avec lui, en lui. Ils ne peuvent vivre sans sa compagnie. Il les devance, il les suit, on dirait leur ombre. Quand ils se lèvent, il se lève avec eux. Quand ils se couchent, il les borde.

Je connais un agent immobilier, qui, le matin, se prélasse dans son lit en jouissant des marteaux-piqueurs en action près de chez lui. Et un ami, bibliothécaire, personnage pondéré quoique de tempérament jovial, à qui rien ne plaît autant que l'allégresse d'étudiants venus d'Afrique avec congas, djembés, tam-tams et balafons dans l'appartement sous le sien, à Paris, place de la République, qui le distraient, dit-il, de ses rhumatismes et agrémentent ses insomnies.

Évidemment, ce bruit n'est pas du bruit, mais un ange gardien.

*

Huit heures un quart, sur la promenade qui longe la mer un vieux monsieur au volant d'une petite voiture blanche lit son journal. La vitre avant est à moitié baissée, le moteur tourne, la radio monologue. J'ignore, au premier abord, pourquoi le moteur tourne. Il fait bon, inutile de chauffer l'habitacle. Le vieux monsieur lit, nous sommes seuls, aucun son en dehors de la radio, du moteur, de quelques mouettes et du reflux ténu de la marée sur la grève au loin. Cette radio, ce moteur me semblent aberrants. Mais je devine que la nature nue pèse au vieux monsieur, que le silence lui paraît trop vide. Il a besoin des sonorités quotidiennes. Ce bruit choisi le tranquillise, cet artifice le charme. Entre son journal, la radio qui roucoule et le moteur qui tourne, il s'épanouit dans son élément : il est assis chez lui sans l'être tout à fait.

*

Il y a également les handicapés de l'empathie. Ces personnes qui, si vous vous plaignez du bruit, ont l'impression que vous gémissez pour rien, à cause d'un mal fantomatique, d'une obsession ou d'une faiblesse dans les trompes d'Eustache. Elles vous trouvent douillet. Elles ne pensent pas que ce mal qui vous tourmente est effectif, que s'il vous est odieux c'est qu'il vous mine. Ce n'est pas seulement que ces personnes n'en souffrent pas, qu'elles n'en ont jamais souffert, c'est qu'elles n'imaginent même pas qu'on puisse en souffrir. Leur imagination ne va pas jusque-là. Pour elles, *il n'y a jamais de bruit.*

*

Il y a surtout beaucoup de gens qui s'en croient libres avant de le subir. Ils ont de la compassion pour ceux qui se lamentent mais sans bien les comprendre. Inconnu à cette adresse : voilà ce qu'est le bruit pour eux, jusqu'au jour où le tintamarre les percute. Alors, leur écoute s'affine. Leur discours change. Ils s'intéressaient à vos plaintes, essayaient de les cerner, sans bien concevoir ce qu'elles traduisaient. Ils faisaient preuve de gentillesse sans que le sujet les concerne. À présent que le mal les touche, ils vous comprennent dès le premier mot.

Cependant, même ceux que le tapage irrite en perdent le souvenir quand ils s'en éloignent. Généralement les bruits, diables furtifs, surviennent et s'en vont. Ils s'évaporent, on n'y pense plus. Un son brutal bouscule : mais s'il est isolé, il effleure. Une moto sur une route, un avion de chasse sur nos têtes, un coup de feu quelque part, une foreuse sans lendemain, la surprise secoue, puis l'émotion passe. L'abrupt se dissipe, pas de séquelles. Il en va ainsi pour les bruits passagers.

Le bruit est une expérience facilement oublieuse. Intolérable quand il jaillit, effacé dès qu'il cesse. Vous avez souffert le martyre à vous arracher la cervelle trois jours et trois nuits aux abords d'une rave party, et le midi du quatrième jour, dans la paix revenue, vous êtes subitement lavé de la tourmente. On coïncide tellement avec le bruit qu'on en perd jusqu'à l'idée lorsqu'il nous quitte. C'est ce qui le rend si âpre et si volatil à la fois. D'une jouissance qu'on éprouve, on garde une empreinte. Le bruit ponctuel emporte toute mémoire avec lui. Au contraire des pollutions industrielles, la sienne est fugace. C'est pourquoi lutter contre ce préjudice s'avère difficile : ceux qui, l'ayant subi, ne le subissent plus, s'en désintéressent. Il faut les interroger pour que le souvenir leur revienne, et avec le souvenir la compréhension du dommage.

J'ai toutefois remarqué, en les interrogeant, que la remémoration du bruit leur inspirait toujours des réflexions originales et fines, attestant non seulement de la diversité des perceptions qu'on en a, mais de l'attention qu'on lui porte, même à notre insu. Les nuisances sonores aiguisent l'esprit d'analyse. Derrière l'oubli, les traces qu'elles laissent sont *parlantes.*

*

S'il n'y avait que les bruits uniques et brefs, personne ne gémirait. La fugacité apporte l'innocence. C'est l'accumulation qui introduit la mémoire, la mémoire la saturation, la saturation le dégoût, et le dégoût le désespoir. En soi, le bruit incarne l'instant. Il nous y verrouille à double tour. C'est un donjon fortifié, nul prisonnier ne s'en évade. Dans l'instantané de sa présence, en dehors de lui rien n'existe. Quand il ne bouge pas, c'est au prisonnier de déloger. Pas d'autre moyen de se dérober à l'emprise dont la cruauté tient à la durée. Le temps du captif dépend de l'insouciance du gardien dont il est l'otage. Bien plus : coïncidant avec le bruit, faisant corps avec lui, le captif devient du bruit, cette fracture dans l'ordre du monde, ce chaos surgi.

*

La continuité sans relâche éreinte la patience, la discontinuité fascine l'attente. On remue un meuble au-dessus de chez vous, un deuxième, puis un troisième. On attend le suivant. Il ne vient pas. On s'apaise. Il revient, s'arrête. Recommence. S'arrête de nouveau. On s'énerve. On guette la suite, le stress s'installe. Si le désagrément est temporaire, on l'évacue. Qu'il se reproduise pendant des mois, voire des années, il vous délabre.

Quand un bruit se répète interminablement ou qu'il dure indéfiniment, il s'incruste. C'est comme entrer dans un tunnel qui n'aurait pas de bout : une fois qu'on y est, on n'en sort plus. Pas le moindre filet de jour, aucune échappatoire. Vous êtes assigné à résidence dans ce boyau clos de partout. Un bruit de ce genre, on s'en souvient. Il ne vous quitte plus. On l'enregistre à perpétuité.

Ces bruits qui durent sans fin et ceux qui se répètent interminablement font le malheur de nos vies quand une noire malchance nous en frappe. Vous avez beau vous en croire enfin délivré, ils se sont agrippés. Ils continuent de forer dans l'ombre. Au premier signal, longtemps après leur disparition, ils se réveillent, intacts. Ces revenants, quand ils vous surprennent, reparaissent sous forme de nausée, de colère, de détresse. Les traumatismes qu'ils provoquent sont incurables.

*

Je mesure combien, en écrivant ces lignes, l'appréciation que chacun a du bruit peut éloigner les individus les uns des autres. Si deux êtres s'aiment, et que l'un se délecte, ou simplement s'accommode, d'un bruit insupportable à l'autre, le socle du couple s'effrite, s'écroule même.

Il suffit parfois d'un hiatus dans l'appréciation pour que deux amis rompent. À l'université, j'avais un condisciple dont j'étais le confident et qui, d'un tact princier, m'impressionnait par l'élégance de ses manières comme de ses costumes. Le temps a coulé. Nos rencontres se sont espacées. J'étais attablé à une terrasse de café. Je ne l'avais pas revu depuis près de trois ans. Soudain, je l'aperçois sur le même trottoir, mais sans être certain qu'il s'agisse de lui. Je l'interpelle, il s'approche. Il avait le visage tuméfié, des valises sous les yeux, la mèche en vrac, le menton tombant, les mains qui tremblaient. Sa chemise sortait du pantalon, sa veste était chiffonnée, ses lacets dénoués. Il marchait voûté. Je l'invite à s'asseoir. Il prend place à tâtons, comme s'il était soûl. Je me suis inquiété : « Dis-moi, ça ne va pas fort. » Il a bredouillé : « Tu ne peux pas savoir, c'est indicible. » Voilà des mois qu'il affrontait le bourdonnement des turbulences d'un brûleur à air soufflé et turbine intégrée dans l'atelier mitoyen de sa nouvelle maison. Il s'était installé à l'écart de la ville avec sa femme pour être au calme après la mort accidentelle de leur fils. L'atelier n'existait pas à leur arrivée. Il avait beau exiger des aménagements, en vain. « La situation est bloquée. » Après avoir douté de l'influence du bourdonnement sur sa santé (« vous étiez déprimé *avant* »), son médecin avait enfin admis que, si son état antérieur augmentait le préjudice, il n'en diminuait pas la réalité. Pour le soulager de sa tension, il venait de lui prescrire une cure de sommeil. Lui me dit : « Je n'en ferai rien. À quoi bon ? Ensuite, ce serait pareil. » Je lui ai suggéré : « Du moins une cure te remettrait d'aplomb. » Il m'a jeté un vilain coup d'œil : « Le problème n'est pas *d'abord* médical. » J'ai cru utile de le conseiller : « Adresse-toi à la police, saisis la justice. » À cette remarque, il a murmuré : « J'ai tout essayé. » Sa femme avait tellement maigri qu'elle semblait un spectre. Elle souhaitait mourir. Il me sembla qu'il exagérait (à l'époque, je ne me rendais pas compte) : « Tout de même, on a vu pire. Prends sur toi, ce n'est pas si tragique ! » J'eus grand tort de m'exprimer ainsi : « Vis ce que je vis, a-t-il fait d'un ton rogue, ensuite tu me donneras des leçons. » Et avec un doigt d'honneur, lui que j'avais toujours connu si affable, il a aussitôt levé le camp.

Plus tard, quand j'ai compris ce qu'il avait supporté, je lui ai écrit pour qu'il me pardonne. Ma lettre m'est revenue, barrée d'une croix vengeresse. Je n'en fus pas vraiment étonné. Certaines incompréhensions trahissent une indifférence si blessante qu'elles meurtrissent sans retour.

Et n'est guère homme qui ne se trouble à ce bruit aigre et poignant que font les limes en raclant le fer.

MONTAIGNE,
Les Essais, Livre II, chapitre XII

Un bruit grotesque peut se révéler atroce.

La deuxième fois que j'ai déménagé – après le carrefour pollué par le karaoké et les interminables travaux de construction d'immeubles –, ce fut d'un appartement en centre-ville. Mon départ a tenu à des raisons banales. Une fillette dans l'appartement du dessus apprenait le violon, pour lequel elle ne possédait, à l'évidence, aucun don. De plus sa mère gardait, pendant la journée, une dizaine de garnements dont elle jugeait de bonne pédagogie qu'ils s'ébattent sans retenue. Ou peut-être étaient-ce les parents qui, confondant le laisser-faire avec l'épanouissement personnel, avaient soumis la garde de leur progéniture au respect de cette confusion déplorable.

À droite de l'immeuble, un café qui fermait tard avait aménagé sur le trottoir une terrasse chauffée pour les fumeurs. La nuisance est fréquente. Le souci des bronches contrevient au droit des oreilles (un fumoir correctement ventilé à l'intérieur des établissements résoudrait, me semble-t-il, le dilemme, mieux que les clowns du silence mis en scène à Paris).

Enfin, à gauche de l'immeuble, on entamait l'installation d'une station-service qui devait rester ouverte vingt-quatre heures sur vingt-quatre. Cette nouvelle acheva de me convaincre que l'endroit devenait insalubre.

Grâce à un héritage imprévu, j'ai alors acquis, non loin, un pavillon dans un endroit verdoyant. Le quartier ruisselait d'une tranquillité délicieuse. À l'idée de m'y installer, des exaltations me prenaient. J'ignorais encore que, dans les banlieues aisées, les habitants dépensent des fortunes en travaux d'entretien, rénovations de façades, réfections de toitures, changements de boiseries, agrandissements de vérandas, portails neufs, liftings à répétition qu'aucune saison ne ralentit, et terriblement sonores.

Mais ce ne sont pas les travaux d'entretien qui m'ont chassé de ce pavillon.

La nuit même de mon emménagement, je fus épouvanté par le passage de trains de marchandises sur une voie de chemin de fer située à cinq cents mètres environ. Cette nuit-là, de même que les suivantes. Les passages duraient dix minutes tous les quarts d'heure dans les deux sens. Les trains circulaient également le jour, mais masqués par le bruit de fond de la ville. Ils transportaient des tonnes de minerai et ils étaient d'une pesanteur si épaisse, d'une telle nonchalance avec leurs essieux croulant sous les tonnages, qu'on les entendait gravir les ténèbres, souffler, ahaner, on devinait l'effort prodigieux du ballast, et brusquement c'était le tonnerre, les convois arrivaient à hauteur du pavillon, pénétraient dans la chambre. Contre cette extravagance, aucun muret, aucun talus.

Mais ce ne sont pas les trains de marchandises qui m'ont rendu ce pavillon invivable.

C'est un gros homme au faciès d'ours. Il habitait de l'autre côté de la rue. Rien ne le distinguait du tout-venant. Ce genre d'homme qu'on rencontre partout et qu'on ne remarque nulle part. À ceci près qu'il avait une manie : il sifflotait tout le temps.

Il sifflotait des airs improvisés sans qu'il y pense, des airs sans queue ni tête mais quelquefois voulus, et même sophistiqués.

À ma table, juste en face de chez lui, je travaillais la fenêtre ouverte, sauf par grand froid. J'aime les brises qui me frôlent et le parfum des fleurs. Comme le silence, ce sont des caresses. D'ailleurs, inutile de fermer la fenêtre, le sifflotement transperçait les vitres. Je répétais à mes proches, à mes amis : « Cette ritournelle suraiguë me vrille les nerfs. Représentez-vous le crissement incessant d'une pointe de compas sur du verre. » Se fiant, comme toujours, à leur inexpérience plutôt qu'aux faits, ils en plaisantaient : « Te mettre dans un état pareil pour un type qui sifflote ! » Je leur répliquais : « Colletez-vous avec cette bizarrerie ne serait-ce qu'une matinée, vous commenterez ensuite. » Ils souriaient. Faisaient l'expérience. Et, sidérés, me plaignaient de tout cœur.

De mon bureau, j'avais une vue plongeante sur la maison de l'olibrius. C'était un pavillon de style Mansart qu'entourait un jardinet comme ceux qu'on trouve en série dans les zones pavillonnaires de banlieue, un confetti de gazon avec des massifs de plantes. En retraite depuis trois ans, l'homme s'ennuyait mortellement. Auparavant, il occupait un emploi d'ingénieur en informatique dans une entreprise de maintenance. Il traînait désormais dans son salon en attendant que sa femme s'apprête pour se rendre au travail, une maigrelette à l'air revêche un peu plus jeune que lui. Après son départ, il commençait par tourner en rond en se grattant la tête. Puis s'activait : faisait le lit à l'étage, passait l'aspirateur de haut en bas, frottait l'argenterie, battait les tapis comme la veille, l'avant-veille et les semaines précédentes. Rangeait du linge dans des tiroirs. Allait se vider la vessie. Époussetait des bibelots, fouillait dans des placards, s'affalait dans un fauteuil devant son téléviseur pour regarder des dessins animés. Pendant les publicités, il se rendait dans la cuisine pour boire un verre de lait, manger du chocolat. Il regardait aussi les émissions sur les animaux, les jeux, les défilés de mode. Comme il laissait ouverte la porte-fenêtre de son salon, sauf par temps de pluie ou grand froid (en quoi il me ressemblait), j'entendais le son du téléviseur et, surtout, je l'entendais, lui. Avant sa mise à la retraite, il sifflotait par intermittence. À présent, il sifflotait continuellement. Il sifflotait en passant l'aspirateur, en battant les tapis, en époussetant les bibelots, en fouillant dans les placards, en se rendant aux toilettes. Le facteur jetait le courrier dans la boîte, il s'extirpait du fauteuil en sifflotant, allait à la boîte en sifflotant, découvrait le courrier en sifflotant, le rapportait en sifflotant, se rasseyait en sifflotant, le parcourait en sifflotant. Engoncé dans un survêtement qui le boudinait, les pieds au large dans des savates, il avait les cheveux broussailleux, le ventre en pointe, la nuque courte, et une voix haut perchée dont on avait le sentiment qu'il la forçait, surtout quand il riait. C'était un rire étrange, faux, surjoué, un ersatz de rire pour paraître gai en compagnie. Avant de rire, il sifflotait. Dès qu'il avait ri, il sifflotait. Lorsque sa femme lui parlait, il sifflotait. Lorsqu'il lui répondait, il sifflotait entre les phrases, même entre les mots. Il déjeunait en solitaire à midi, puis s'accordait une sieste. Il dînait avec sa femme à dix-neuf heures, et entre chaque bouchée il sifflotait. Jamais une remarque de sa femme à ce sujet. Je ne l'ai jamais surprise à lui reprocher cette tare. Je suis persuadé qu'il sifflotait en faisant l'amour. Qu'il sifflotait entre les baisers, et pendant. Qu'il sifflotait avant l'orgasme, après l'orgasme, et encore pendant. Qu'il sifflotait même en dormant.

L'un de nos voisins, médecin, le traitait de caractériel. Un jour, je lui ai parlé de la situation. « Peut-être, ai-je demandé, souffre-t-il d'un TOC ? – Pas du tout, m'a-t-il répondu, il s'agit d'une simple manie. – Mais si c'était un TOC, ai-je insisté, on pourrait le guérir, du moins atténuer son trouble. – Votre diagnostic n'est pas le bon, a repris le médecin. Cette manie l'occupe, et tant pis pour les autres. »

Caractériel : le terme était juste. Que des enfants jouent dans les parages, que des gammes de piano s'échappent d'une habitation proche, le siffloteur se ruait dehors. Il ordonnait aux enfants d'aller jouer plus loin, au pianiste de mettre immédiatement fin à ses gammes. Il ne tolérait aucun bruit. Seuls les siens avaient droit de cité. Il coupait à la scie électrique une branche dans son jardin, tronçonnait la branche, rabotait les tronçons, clouait des morceaux de contreplaqué, martelait de la tôle, faisait longuement vrombir le moteur de sa voiture, et sans fin, dans son jardin comme dans sa villa, il sifflotait à tue-tête. Les airs *pensés* le ravissaient. Ses trilles lui semblaient du grand art. Je l'observais de ma fenêtre : il enflait la poitrine, écartait les bras, gonflait les joues, pinçait les lèvres, sa bouche s'allongeait en bec de flûte, son front se plissait, ses veines saillaient aux tempes. Une première note surgissait, qui donnait le *la,* suivie d'une autre qui hésitait au sommet des aigus, se condensait en un giclement qui vous perforait les tympans, chutait d'un coup vers un gazouillis qui se prolongeait en soupirs. Puis, comme sous l'effet d'un ressort, les trilles reprenaient. Elles se succédaient en cascades, grimpaient à la vitesse d'un frelon fou, retombaient à pic, une nouvelle vibration s'élevait, atteignait le seuil de la douleur, le franchissait, redescendait en piqué avant de remonter brusquement. Il branlait du chef pour battre la mesure, exultait, oubliait où il était, la rue retentissait du chef-d'œuvre. Il s'émerveillait de son génie, les trilles s'exaltaient, le festival s'achevait. Il regardait autour de lui comme pour quêter l'applaudissement. Mais pas de public. Excepté moi. Le maestro rentrait dans son salon. Les airs reposaient au fond de l'horreur. La rue retrouvait la paix. Je me détendais. Je pouvais enfin rouvrir la fenêtre. Aussitôt la sérénade reprenait. Je fermais la fenêtre. J'étouffais. Je l'ouvrais à nouveau, les trilles me ravageaient.

Quand il jardinait, le siffloteur avait une façon particulière de se mettre en branle : avant d'empoigner sa tronçonneuse, il poussait un han ! pour se donner du courage, respirait un grand coup tout en remuant les épaules et les fesses, puis se lançait. La tronçonneuse allait son chemin tandis qu'il sifflotait, et si fort qu'on l'entendait malgré l'outil. Facile de saisir la raison de son manège : jardiner, pour lui, ne relevait pas de la distraction ni du plaisir, il mimait l'homme qui travaille. Par son activité, il s'accordait de l'importance. Siffloter le plus fort possible, jardiner à grand bruit, signifiait qu'il appartenait encore à la vie active.

Désir légitime, n'eût été la conséquence.

Le dernier été, jour après jour pendant deux mois, il a planté dans son jardin de minuscules cônes de bois pour former la bordure d'un parterre de tulipes. Du matin au soir, sauf pendant le déjeuner et la sieste, il a tapé avec un maillet sur les cônes. Il tapotait en sifflotant, il sifflotait en tapotant. Pour amortir les coups, il aurait pu, entre le maillet et les cônes, introduire un morceau d'étoffe. Vingt fois, cent fois, je lui ai crié : « Pitié, assez de cette torture ! » Vingt fois, cent fois, il a tapé plus fort en sifflotant plus fort.

J'ai détesté ce sifflotement, j'ai détesté cette comédie du travail dont j'étais le témoin contraint, j'ai méprisé ce voisinage. Méprisé ? Mais de quel droit, me demandais-je, méprises-tu cet individu ? En quoi te crois-tu supérieur ? Et je me disais : je lui en veux du mal qu'il me fait, je le déteste de siffloter à jet continu, je méprise son intolérance au bruit des autres et son indifférence au bruit qu'il répand.

Car je pouvais m'insurger, il m'ignorait ostensiblement. Quand je l'interpellais, même quand je l'injuriais, il n'avait pas un regard. Plusieurs fois, le sachant chez lui, j'ai sonné à sa porte pour régler la question à l'amiable. Jamais de réponse. Il m'avait vu traverser la rue, il se terrait. Je revenais chez moi, il sortait dans le jardin et sifflotait de plus belle. Il savait quel tort il me causait. Devinant la tension qui me chavirait, il augmentait la pression. Plus je m'insurgeais, moins j'existais pour lui. À ses yeux, je n'étais pas un être humain, pas un animal, pas une chose, je n'étais rien. Ou plutôt, je n'étais rien de plus que le moyen de sa joie mauvaise. Quand je m'adressais à lui, je me heurtais à son mutisme comme si je valais moins qu'une limace. Mais, finalement, pour lui je valais quelque chose : je valais la joie qu'il tirait de ma rage impuissante. Si j'analyse sa cruauté, elle me rappelle, malgré la profonde disproportion des faits, les traitements que réservent à leurs opposants les régimes despotiques. Le siffloteur était plus qu'un salaud : c'était, dans son principe, un tortionnaire.

J'ai vendu. Pourtant, j'aimais bien ce pavillon. Mais je suis parti. Et ce son incongru imprégné de haine m'a laissé une telle cicatrice que, à force d'endurer sa répétition lancinante, une bouffée de répulsion me prend, incoercible, au moindre passant qui, me croisant, sifflote. Au moindre ouvrier qui, sur un chantier, sifflote. À tout personnage qui sifflote dans une chanson, dans un film. Ce bruit d'apparence anodine m'a, au sens propre, supplicié.

Intervenir auprès d'un bruyant exige du doigté. Et s'y résoudre, un grand courage. La plupart du temps, l'agresseur se sent agressé. Il nie le trouble, même évident. Connaissant la difficulté de l'entreprise, on tergiverse avant de solliciter la compréhension du fautif. Qu'on l'alerte avec courtoisie, il se raidit. Qu'on soit nerveux, il montre les crocs.

Dans ce face-à-face où le bourreau se prend pour la victime, chacune des deux parties déclare que l'autre la lèse. Les deux allèguent des droits imprescriptibles : droit à la liberté de jouir du silence chez soi, et droit à la liberté d'agir chez soi à sa guise. Le bruyant irascible est de bonne foi. Les reproches choquent sincèrement sa conscience. On le rend coupable d'une faute qu'il ne commet pas, puisqu'il a le droit : « Chez moi, je fais ce que je veux. »

En priant poliment des gens de faire moins de bruit, il m'est arrivé de recevoir des réponses venimeuses. Une fois, ce fut un couple âgé en vacances dans un hôtel aux parois trop minces où il avait ses habitudes. Leur radio m'a réveillé à six heures. Il m'a fallu taper plusieurs coups à leur porte. L'homme m'ouvre, frêle, son épouse derrière lui, menue, tous deux en chemise de nuit et pantoufles. « C'est faux, me dirent-ils, on ne vous a pas réveillé, ce n'est pas nous, vous mentez. » Des roquets. Je répondis que je n'avais pas inventé la radio dont la musique, pendant notre dialogue, nous assourdissait au point de couvrir nos voix. Ils m'avaient réveillé, je n'avais aucune raison de leur mentir, sans parvenir à les convaincre : ils glapissaient en tendant les poings tant ils refusaient d'être en faute.

J'ai également reçu des réponses angoissées. C'était encore un couple âgé, cette fois d'origine maghrébine, deux petits vieux ratatinés serrés l'un contre l'autre dans l'appartement du dessous, un salon aux coloris tristes éclairé par une étroite fenêtre qui donnait sur une cour, rehaussé par une lampe à l'abat-jour pelucheux, et qui me firent pitié par la frayeur que je leur ai causée, comme s'ils avaient perpétré un crime. De cette scène, j'eus honte et son souvenir continue de me peiner, parce que en réalité le bruit ne provenait pas de chez eux, la diffusion des sons obéissant à une logique diabolique : on croit qu'ils descendent quand ils montent, ou le contraire, qu'ils viennent de droite quand ils viennent de gauche, les bruits ayant pour habitude de s'éparpiller selon des paramètres innombrables, qualité des matériaux, disposition des lieux, volume des espaces, humidité ou sécheresse de l'air, toute une série de conditions qui font de l'acoustique une science extrêmement absconse.

*

Il apparaît aussi que le bruyant irascible se sent repoussé dans son coin, retranché de la sphère commune, comme s'il exhalait une odeur fétide. Voilà sept ou huit ans, ayant demandé à une association de défense contre les bruits domestiques de me fournir des témoignages de victimes, je reçus une lettre, parmi bien d'autres, d'une de ses adhérentes. Celle-ci était, comme tous les auteurs de toutes ces lettres, désespérée. Confrontée à une voisine alcoolique qui possédait trois chiens, elle subissait son tapage et les aboiements incessants des bêtes. Lors d'une altercation, la voisine, prise de boisson, s'était épanchée en un torrent d'injures et de menaces dont celle, par représailles, de « maculer la façade de ma maison avec des excréments de chiens ». La lettre complétait ainsi le récit du désastre : « Mes voisins sont résignés, certains lavent eux-mêmes la rue des excréments des trois chiens. »

Ces représailles à la portée grossie par l'ivresse tirent les bruyants vindicatifs vers la prime enfance. Propriétaires d'un territoire aux frontières extensibles, imperméables aux droits d'autrui, ils déversent sur l'entourage leurs déjections sonores. Archaïques, leur sphère est leur lieu d'aisances. Ils s'y débondent sans retenue. Le bruit et les odeurs : attelage par où les corps étrangers s'insinuent au plus intime du nôtre. Cris et défécation, stade du prélangage propice aux véhémences. Une correspondante, auteur d'une lettre reçue récemment et qui, dans son témoignage, me fait part des réflexions que le bruit lui inspire, écrit qu'il la « salit ».

J'ai souvent moi-même le sentiment qu'il me souille.

*

La question peut encore se prendre par un autre biais : celui de la sexualité. Les bruyants aux réactions agressives se sentent attaqués dans leur honneur. Sexualité du bruit. Les femmes, en règle générale, réservent aux travaux ménagers les débordements sonores. Nuisances discrètes, momentanées, qui glissent, s'éclipsent. Il y a les mères de famille et leurs bébés qui pleurent. Bruits identiques des hommes lorsqu'ils partagent ces tâches. Les sonorités tempérées du cadre féminin relèvent de la vie courante. Les bruits qui blessent proviennent presque toujours des hommes : motards nocturnes, tondeurs et bricoleurs maniaques, chasseurs qui s'approprient les marais et les bois, hordes de supporteurs, zonards en bandes, baroudeurs des faubourgs, meutes querelleuses des bals champêtres, fêtards avinés, chevaliers flamberge au vent, dragons qui sabrent, fantassins qui chargent, canons à son des forces de l'ordre aux décibels insoutenables pour refouler les manifestants.

Sur le site *Article XI*, l'auteur d'un article intitulé « le son comme arme » mentionne l'enquête d'un chercheur américain, Jonathan Pieslak, qui, dans son ouvrage *Sound Targets : American Soldiers and Music in the Irak War*, rapporte les propos de GI qu'il interrogeait sur le rôle de la musique à la guerre, en particulier sur l'utilisation des baladeurs MP3. L'un de ces soldats répond : « Ça m'aide à devenir inhumain. » Les GI mentionnaient également la chevauchée des Walkyries qui accompagnait les hélicoptères de combat dans *Apocalypse Now* de Francis Ford Coppola et l'hommage qu'ils lui rendaient lors du siège de Fallujah en 2004, avec des quads chargés de sonos qui fonçaient dans les ruelles de la ville en diffusant du hard-rock plein pot, auquel les mollahs dans les mosquées ripostaient par des chants coraniques rugis via leurs haut-parleurs.

Violence mâle des bruyants qui se déchaîne par les armes, et qu'on repère à l'identique chez leurs victimes meurtrières. Il est rare, en effet, qu'une femme tue à cause du bruit. En Gironde, en novembre 1999, une femme de cinquante-six ans abattit au fusil de chasse ses voisins, un couple de sexagénaires dont les six chiens aboyaient jour et nuit depuis quinze ans.

Sinon, chaque fois, ce sont des hommes.

Des « forcenés », résume-t-on, comme s'ils agissaient sous l'emprise d'une folie subite, d'une bouffée délirante, inexplicable. Seulement, ces meurtriers n'agissent pas sous le coup d'une folie soudaine : leur démon, c'est le bruit. Ces « forcenés » sont des retraités à l'abandon, des chômeurs privés d'avenir, des gagne-petit, toujours des solitaires usés par une vie sans grâce, des tempéraments taciturnes, des emmurés sans compagne, sans parents, sans enfants ni amis, des décharnés de l'espérance qui, leur forfait accompli, souvent se suicident. Ils lâchent les vannes en un accès final, démolis par les rodéos au bas de leur HLM au milieu du béton, les sirènes de police, des ambulances, des pompiers qui hululent à longueur de temps, gyrophares tournoyants, entre les blocs de la cité où ils croupissent, désagrégés par les hurlements des querelles dans tous les coins, par les pétards des nuits festives qui se succèdent, par la musique outrée d'une soirée chez les voisins quand il leur faut se lever avant l'aube pour un travail écœurant, toujours les mêmes causes. Ils se ressemblent tous. Ils tirent à la 22 long rifle depuis leur fenêtre sans viser, au jugé, « dans le tas », disent-ils, ou poignardent, pour décharger la douleur, libérer l'exaspération entassée, la plaie enragée. Et dans leur forteresse où ils crèvent d'épuisement au moindre abus sonore, incapables d'endurer la moindre surcharge, ces fourbus qui ne décompressent jamais se heurtent à la totale indifférence de ceux qui les tourmentent, pour qui ils n'existent pas davantage qu'ils n'existent pour quiconque, aux intempérances de jeunes mâles aussi indigents qu'eux, aussi frustes, à peine moins réprouvés, population aussi branlante, déshéritée, monde de marge et de grisaille, masse acculée des anonymes, des piteux, des sans-voix.

C'est ainsi que la plupart des histoires douloureuses causées par le bruit des autres sont des histoires de gens simples, dépourvus d'instruction, de fortune et d'appuis.

Le bruit établit toujours un rapport de forces. Schéma binaire de la jungle : un prédateur, une proie. La tyrannie est intrinsèque au bruit. Tyrannie du bruit lui-même, tyrannie de ceux qui l'imposent. Quand le siffloteur m'a lassé, j'ai déménagé : j'en eus la capacité financière. Mais les vieillards sans le sou, les faibles endeuillés, les éperdus, les impotents, qui ne peuvent ni lutter ni déménager, tombent au fond d'un puits.

Dans leur existence, depuis le début, ces pauvres gens n'ont jamais eu voix au chapitre. Et à présent, dans l'adversité où les enlise le tintamarre qui s'abat sur eux, frappant à toutes les portes qu'ils croient secourables, aucune ne s'ouvre.

Les témoignages expriment tous la même chose : une épreuve intense où les exténués ne trouvent d'écoute que dans l'association qui les aide. Ils écrivent : « Nous n'en pouvons plus, c'est infernal. » « Nous sommes à bout. » « Cette vie n'est plus tenable. » « J'en ai assez. » « Je n'ai plus la force. » « J'ai envie de mourir. »

Voici un couple d'une cinquantaine d'années qui a acheté une maison dans un lotissement en septembre 1996. Le quartier était calme, les voisins agréables. En mai 2009, un magasin de vente et réparations de motos s'installe au ras de leur pavillon, tout contre la cuisine et le salon. Depuis, bruit, odeurs, fumées. L'homme m'écrit : « Je suis en invalidité depuis mai 2001, j'ai eu un grave accident du travail, donc ma maison et mon petit coin de jardin c'est sacré. Mais ce n'est plus une vie d'entendre ces engins et ce bruit, jusque dans notre maison. J'ai eu une réunion avec M. le maire de P. qui n'a servi a rien puisqu'il m'a dit que, si je n'étais pas content, je n'avais qu'à vendre ma maison. Alors j'ai écrit au procureur, au préfet, au maire de Bourg-en-Bresse, au président du conseil général de l'Ain. Personne n'a donné suite. Nous sommes des victimes incomprises, jamais écoutées. »

Un autre : « Nous sommes victimes de tapages nocturnes occasionnés par une discothèque. Tout les soirs depuis plusieurs années nous subissons le bruit de la musique ainsi que des bagarres de 2 heures à 5 heures du matin. La gendarmerie semble exaspérée quand nous les contactons. J'ai été porter plainte mais on me refuse la plainte pour faute de constat, et le maire ne veut rien faire. »

Une femme divorcée, seule : « Toute la nuit ou presque... jusqu'4 / 5 heures du matin... vous allez voir les gens... poliment... une fois, deux fois... ça fait deux ans que ça dure... cette voisine travaille à la mairie et menace de nous faire expulser... Les insultes... même à ma fille de douze ans... De l'autre côté de l'appartement, il y a une rue... un café... bientôt un salon de beauté... le tout tenu par des jeunes qui rameutent les copains... démarrage spectaculaire en voiture... pots d'échappement sous ma fenêtre... ils disent que la rue leur appartient... les klaxons incessants des automobilistes en colère à cause de la gêne de la circulation... La police est venue de nombreuses fois, dont deux à ma demande... ils m'ont dit de porter plainte... j'ai fini par y aller... le jour de la fête des mères... mais... ils n'ont pas voulu prendre ma plainte... chacun se renvoie la balle... vers la police municipale... qui dort quand ça se passe... vers le maire avec lequel je n'arrive pas à avoir de rendez-vous... vers le bailleur qui n'en a rien à faire... pendant presque un an il y a eu les travaux de la nouvelle poste juste en dessous de chez moi... et dans un autre registre... j'ai les poubelles sous mes fenêtres... le tout par trente-cinq degrés... je n'en peux plus... et c'est moi qui passe pour une folle... »

Ou c'est un homme de soixante-douze ans dont

l'épouse vient de mourir et que le locataire du dessus, marié, père d'un enfant en bas âge, persécute par des raclements de chaises, meubles traînés, chaussures à talons, galopades du petit, raffut incessant où les supplications du vieil homme ne reçoivent d'autre réponse que sarcasmes, rebuffades et, s'il insiste, menaces de faire plus de bruit encore.

De ces témoignages, j'aurais de quoi remplir un coffre.

*

Les témoignages insistent tous sur le manque d'attention des autorités. Presque jamais un signe de sollicitude.

Le bruit ne paraît pas une cause digne de souffrance. Même, on moque les victimes, un peu comme les cocus. Tel psychiatre décèle en eux des gens borderline, tel autre des inadaptés. On ne leur accorde aucun crédit. Ils ont toujours tort : de se montrer hostiles à ce qui les envahit, rétifs à ce qui les déprime, rebelles à ce qui les détruit.

Le nouveau Code de santé publique, inspiré d'une directive européenne, prohibe catégoriquement ces nuisances. Il décrète ceci : « Aucun bruit particulier ne doit, par sa durée, sa répétition, ou son intensité, porter atteinte à la tranquillité du voisinage ou à la santé de l'homme, dans un lieu public ou privé, qu'une personne en soit elle-même à l'origine ou que ce soit par l'intermédiaire d'une personne, d'une chose dont elle a la garde ou d'un animal sous sa responsabilité. » Difficile d'être plus net : le décret impose le respect absolu de l'intégrité physique et morale. Exclut tous passe-droits et dérogations possibles. Élimine toute minoration de la nuisance, qu'elle se produise chez soi ou en public, qu'elle provienne d'une personne, d'une chose (outil, machine), ou d'un animal (chiens, par exemple).

Texte de loi, texte de bois : ce décret d'une netteté exemplaire, personne ne le respecte. Sauf exceptions, aucune autorité ne l'applique.

Il pend comme un bout de ficelle.

*

Contre le bruit, les ministères proposent, les parlementaires légifèrent, les lois somnolent. Les forces de l'ordre rechignent à intervenir, les huissiers à constater, les tribunaux à sanctionner. Quand d'aventure ils sanctionnent, l'amende coûte à peine plus cher que la feuille de papier qui la notifie.

Les municipalités réglementent comme, du gros orteil, on tâte l'eau froide. Les plus sensibles au droit au silence, les plus réfractaires au bruit des autres, les draconiennes, les Savonarole de la lutte contre le vacarme interdisent d'utiliser des engins équipés de moteurs bruyants – tondeuses, motoculteurs –, à moins de cent mètres d'une zone habitée, les jours ouvrables avant 8 heures et après 20 heures, les dimanches et jours fériés avant 9 heures et après 12 heures. Cent mètres, distance franchie d'un bond par ces fauves métalliques à roues. Par conséquent, les édiles les plus intransigeants, même ceux qui font campagne pour le respect du silence, donnent permission aux engins de vous fracasser la tête en toute impunité six jours par semaine de 8 heures à 20 heures. Sans recours possible, aucune plainte recevable. Généreuse offrande aux administrés : vous avez le droit de dormir la nuit.

Sur le membre que pourrit la gangrène, une couche de pommade.

*

Bien des municipalités fournissent des observatoires du bruit. Appareils de mesure pointilleux, relevés de nuisances au décibel près, cartographie des points noirs, diagrammes, statistiques, colonnes de chiffres. Observer dispense d'agir : les experts s'adressent à d'autres experts, enregistrent l'existant, le commentent, on s'en contente.

La Ville de Paris a créé en 1999 un observatoire du bruit. En 2006, elle a mis en place un « plan de lutte contre le bruit » avec publication de cartes pour y pointer les troubles. Promenez-vous dans la capitale. Pas un endroit sec. Avenues fouaillées au bulldozer, trépidations des marteaux-piqueurs, forêt de bâtiments ravalés au jet de vapeur qui se surajoutent aux clameurs de la rue.

À la fin du XVIIe siècle, Boileau, dans l'une de ses *Satires*, se récriait contre les embarras de Paris. Chats qui miaulent, courses des souris et des rats, coqs chantants, marteau du serrurier, cloches, mugissements des bœufs, tumulte de la foule, coups de pistolet la nuit dans le coupe-gorge qu'était alors Paris :

Ce n'est qu'à prix d'argent qu'on dort en cette ville.
Il faudrait, dans l'enclos d'un vaste logement,
Avoir loin de la rue un autre appartement.

Dans la plupart des arrondissements du Paris d'aujourd'hui, pour dormir en toute quiétude, peu ou prou la même solution.

*

C'est ainsi que toute une armada de lois, d'arrêtés, de paragraphes, d'alinéas divers ont été brandis ces dernières années, qu'une masse de rapports, d'analyses, de bilans ont été dressés, que des pyramides de plaintes sont enregistrées chaque minute. Rien d'aussi codifié que le droit érigé contre les pollutions sonores.

Dans la pratique, peu d'effets.

Les associations de défense se battent à mains nues. Beaucoup d'énergie pour quelques succès.

C'est par elles que transite le gémissement des citoyens vers les élus, grâce à elles que les plaintes accèdent parfois aux juges. Elles écoutent les plaignants, les réconfortent, les aident. Mais elles sont dispersées. Ce sont des lopins de résistance, en réaction à des nuisances locales. Le grand unificateur qui saura fédérer ces dévouements disparates méritera d'être sanctifié : un saint guerrier pacifique, un jour, s'il s'en lève un.

La République combat avec moins de muscles encore les bruits commis par l'industrie et le commerce. Qu'une usine vomisse des nuages de vibrations nocturnes qui vous jettent sur le flanc, n'espérez aucune miséricorde. Les édiles prêtent la main aux pollueurs.

Une circulaire du ministère de la Justice rappelle que les autorités municipales et préfectorales disposent de larges prérogatives pour réglementer les activités susceptibles de troubler la tranquillité publique. Elle rappelle également la compétence donnée aux juges de proximité afin de sanctionner ces nuisances. Elle insiste sur le fait que, « pour avoir un effet dissuasif, les procès-verbaux doivent être suivis d'une réponse pénale et que le classement sans suite des procédures doit rester exceptionnel, contrairement à la situation actuelle ».

L'exceptionnel reste exceptionnel. La situation, actuelle.

Les textes, comme souvent, gesticulent.

*

Pendant ce temps lcs institutions fleurissent. L'État a mis en place une « mission bruit » au sein du ministère chargé de l'environnement : une « mission » représente au mieux l'embryon d'une sous-division, le plus souvent un rideau de fumée.

Un Conseil national du bruit s'agite sous les dorures. Qui sait qu'existe cet aréopage ? Une assemblée de bonnes volontés sans moyens ni pouvoirs. Je m'étonne que cette institution n'ait jamais cru utile de lancer une campagne de sensibilisation qui permette aux victimes de faire valoir leurs droits sans offusquer le bruyant qui les opprime. En se réclamant des prescriptions officielles, la victime serait légitimée à requérir le silence. Pour l'heure, réunions, colloques, recommandations, remise annuelle du prix du Décibel d'or, guide pour les maires, papier glacé, petits-fours.

Issues du Grenelle de l'environnement, les lois sur le développement durable consacrent quelques lignes au bruit. Lequel se limite aux infrastructures de transport, comme une queue ajoutée aux économies de carburant et aux dommages causés par les émissions de dioxyde de carbone.

Sur les bruits de voisinage, rien. L'écologie les néglige. Ils sont dans son angle mort.

Le 22 novembre 2001, une ressortissante espagnole, Mme Pilar Moreno Gómez, a saisi la Cour européenne des droits de l'homme. Sa plainte concernait le droit au respect du domicile. Le sien avait subi, selon elle, une atteinte caractérisée. Pour obtenir réparation, elle invoqua l'article 8 de la Convention de sauvegarde des droits de l'homme et des libertés fondamentales. Le succès n'avait rien d'assuré. En cas d'échec, elle serait condamnée aux dépens, plusieurs milliers d'euros.

Mme Pilar Moreno Gómez avait acquis en 1970 un appartement dans une zone résidentielle de la commune de Valence où, depuis, elle résidait.

À partir de 1974, la mairie de Valence autorisa l'ouverture, à proximité de son logement, de bars, pubs et discothèques qui rendirent impossible le repos des habitants du quartier. Avant 1980, des voisins avaient déjà protesté en raison des dégradations et des bruits auxquels ils étaient confrontés. Compte tenu de ces problèmes, la mairie de

Valence décida, en décembre 1983, de ne plus y autoriser l'ouverture de boîtes de nuit. Cependant, cette décision resta sans effet et de nouvelles licences furent octroyées.

En 1993, la mairie sollicita une expertise, qui établit que les niveaux sonores étaient inadmissibles. Les samedis à 3 heures 30, le niveau de bruit dépassait les 100 décibels.

En 1995, la police informa la mairie de Valence que les locaux musicaux situés dans le secteur habité par Mme Pilar Moreno Gómez ne respectaient pas les horaires de clôture. En 1996, la mairie publia un nouvel arrêté municipal sur les bruits et les vibrations. Selon cet arrêté, dans une zone résidentielle comme celle où vivait l'intéressée, l'environnement extérieur ne devait pas dépasser 45 décibels entre 22 heures et 8 heures. De même, l'arrêté définissait comme zones acoustiquement saturées celles qui subissaient un impact sonore élevé en raison de l'existence de nombreux établissements, de l'activité des personnes qui les fréquentaient, et du bruit engendré par les véhicules transitant par ces zones. Enfin, l'arrêté fixait les conditions auxquelles il était possible de déclarer une zone « acoustiquement saturée » (*zona acústicamente saturada*), et indiquait les conséquences d'une telle déclaration, notamment l'interdiction de lancer de nouvelles activités (boîtes de nuit, discothèques).

Par une décision de la mairie de Valence du

27 décembre 1996, le quartier fut déclaré zone acoustique saturée.

Le 30 janvier 1997, la mairie accorda néanmoins une autorisation concernant l'ouverture d'une discothèque dans l'immeuble habité par Mme Pilar Moreno Gómez.

*

Les dispositions de la Convention de sauvegarde des droits de l'homme et des libertés fondamentales sont les suivantes :

Article 15 : « Toute personne a droit à la vie et à l'intégrité physique et morale. »

Article 18 § 2 : « Le domicile est inviolable. »

Article 45 § 1 : « Toute personne a le droit de jouir d'un environnement approprié pour développer sa personnalité et a le devoir de le conserver. »

Selon l'article 8 de la Convention, le domicile est le lieu où se développe la vie privée et familiale. L'individu a droit au respect de son domicile, conçu non seulement comme le droit à un simple espace physique mais aussi comme celui à la jouissance, en toute tranquillité, dudit espace. Les infractions au respect du domicile ne visent pas seulement les atteintes matérielles ou corporelles, telles que l'entrée dans le domicile d'une personne non autorisée, mais aussi les atteintes immatérielles ou incorporelles, telles que les bruits, les émissions, les odeurs et autres ingérences.

Dans l'affaire Pilar Moreno Gómez, la Cour rappela sa jurisprudence selon laquelle la Convention visait à protéger des « droits concrets et effectifs », et non « théoriques ou illusoires ».

Elle constata que Mme Pilar Moreno Gómez habitait dans une zone où le tapage nocturne était indéniable et perturbait de toute évidence sa vie quotidienne, surtout le week-end.

Elle observa que le dépassement des niveaux sonores maximaux avait été vérifié à plusieurs reprises par les services municipaux.

Compte tenu de l'intensité de ces nuisances – nocturnes et excédant les niveaux autorisés – et du fait que celles-ci s'étaient répétées durant plusieurs années, elle conclut à l'atteinte aux droits protégés par l'article 8 de la Convention.

Elle estima donc que l'État défendeur – l'Espagne – avait failli à son obligation de garantir le droit de la requérante au respect de son domicile et de sa vie privée.

Par conséquent, il y avait eu violation de l'article 8.

Au titre du dommage matériel, Mme Pilar Moreno Gómez sollicitait un montant de 879 euros pour le double vitrage qu'elle avait fait installer dans sa chambre.

Pour le préjudice moral, elle demandait une somme de 3 005 euros.

La Cour considéra qu'en plus du dommage matériel, Mme Pilar Moreno Gómez avait subi un tort moral certain, qui justifiait l'octroi d'une indemnité. De ce fait, elle lui alloua 3 884 euros pour préjudice moral et matériel.

Mme Pilar Moreno Gómez sollicitait également 4 952,15 euros pour les frais et dépens encourus devant les juridictions internes et la Cour.

La Cour estima raisonnable la somme de 4 500 euros, qu'elle lui alloua.

En conclusion, comme il y avait eu violation de l'article 8 de la Convention, l'État défendeur devait verser à la requérante les sommes suivantes :

3 884 euros pour dommage matériel et moral ;

4 500 euros pour frais et dépens.

*

Malgré d'abominables régressions, la civilisation n'a cessé, cahin-caha, de progresser. C'est pourquoi le sort du bruit, ce fléau jugé indigne d'accéder à la noblesse des souffrances, m'incline finalement à envisager ceci : on a longtemps perçu le viol comme une forme mineure de violence infligée aux femmes, jugeant que les victimes provoquaient les violeurs.

On a longtemps toléré la violence des chauffards sur les routes, en les exonérant de leurs responsabilités.

On a longtemps ignoré le préjudice infligé aux non-fumeurs par les fumeurs, ceux-là trop délicats, ceux-ci libres de fumer.

Longtemps méconnu le harcèlement au travail, les suicides de salariés s'expliquant par la fragilité de leurs nerfs.

Longtemps admis les brutalités conjugales, affaires strictement privées.

Longtemps négligé les handicapés, fétus de paille.

Longtemps flétri l'homosexualité, vice de dégénérés.

Il est permis d'espérer que, sous l'influence de l'Europe, on finira par juger les bruits de voisinage pour ce qu'ils sont, au moins pour les plus graves : une cruauté qui jouit d'une impunité scandaleuse.

Le mot sybarite signifie : amoureux du plaisir, jouisseur. Ce mot vient de Sybaris, antique cité grecque située entre le golfe de Tarente et la mer Tyrrhénienne, au sud de l'Italie.

Sybaris, qui fut rasée en 510 avant J.-C. par sa rivale Crotone, était célèbre pour son raffinement et ses manières de vivre. On y cultivait le blé, la vigne et les fleurs. On y fabriquait de l'huile d'olive aux fragrances magnifiques, un miel aux blondeurs d'ambre, on y pêchait des poissons dégustés dans des assiettes larges et plates au fond orné de poissons peints comme pour les déguster deux fois. On y élevait de gras moutons au profil retrouvé sur les pièces d'argent fournies à profusion par les mines locales, ainsi que des brebis et des chèvres qui donnaient un lait embaumé par la mollesse des pâturages.

Les citoyens avaient décidé d'interdire les coqs dans la ville, parce qu'ils troublaient le sommeil. Personne ne contestait cette mesure. Personne n'y contrevenait. Pas un bruit qui outrage, pas d'éclats impudents. La sérénité du plaisir supposait le respect unanime du silence. Une même civilité gouvernait les mœurs.

Sybaris. Je suis né trop tard. J'aurais dû naître à Sybaris. Mais à l'avenir, ici ou là, des oasis semblables ressurgiront peut-être…

COLLECTION FOLIO 2€

Dernières parutions

4101. Salvador Dalí — *Les moustaches radar*
4102. Chester Himes — *Le fantôme de Rufus Jones* et autres nouvelles
4103. Pablo Neruda — *La solitude lumineuse*
4104. Antoine de Saint-Exupéry — *Lettre à un otage*
4105. Anton Tchekhov — *Une banale histoire. Fragments du journal d'un vieil homme*
4106. Honoré de Balzac — *L'Auberge rouge*
4143. Ray Bradbury — *Meurtres en douceur* et autres nouvelles
4144. Carlos Castaneda — *Stopper-le-monde*
4145. Confucius — *Les entretiens*
4146. Didier Daeninckx — *Ceinture rouge* précédé de *Corvée de bois*
4147. William Faulkner — *Le Caïd* et autres nouvelles
4148. Gandhi — *La voie de la non-violence*
4149. Guy de Maupassant — *Le verrou* et autres contes grivois
4150. D. A. F. de Sade — *La philosophie dans le boudoir. Les quatre premiers dialogues*
4151. Italo Svevo — *L'assassinat de la via Belpoggio* et autres nouvelles
4191. Collectif — *« Mourir pour toi ». Quand l'amour tue*
4192. Hans Christian Andersen — *L'Elfe de la rose* et autres contes du jardin
4193. Épictète — *De la liberté* précédé de *De la profession de Cynique*
4194. Ernest Hemingway — *Histoire naturelle des morts* et autres nouvelles
4195. Panait Istrati — *Mes départs*
4196. H. P. Lovecraft — *La peur qui rôde* et autres nouvelles

4197. Stendhal	*Féder ou Le Mari d'argent*
4198. Junichirô Tanizaki	*Le meurtre d'O-Tsuya*
4199. Léon Tolstoï	*Le réveillon du jeune tsar* et autres contes
4200. Oscar Wilde	*La Ballade de la geôle de Reading* précédé de *Poèmes*
4273. Cervantès	*La petite gitane*
4274. Collectif	*«Dansons autour du chaudron». Les sorcières dans la littérature*
4275. G.K. Chesterton	*Trois enquêtes du Père Brown*
4276. Francis Scott Fitzgerald	*Une vie parfaite* suivi de *L'accordeur*
4277. Jean Giono	*Prélude de Pan* et autres nouvelles
4278. Katherine Mansfield	*Mariage à la mode* précédé de *La baie*
4279. Pierre Michon	*Vie du père Foucault* suivi de *Vie de George Bandy*
4280. Flannery O'Connor	*Un heureux événement* suivi de *La personne déplacée*
4281. Chantal Pelletier	*Intimités* et autres nouvelles
4282. Léonard de Vinci	*Prophéties* précédé de *Philosophie* et d'*Aphorismes*
4317. Anonyme	*Ma'rûf le savetier. Un conte des Mille et Une Nuits*
4318. René Depestre	*L'œillet ensorcelé* et autres nouvelles
4319. Henry James	*Le menteur*
4320. Jack London	*La piste des soleils* et autres nouvelles
4321. Jean-Bernard Pouy	*La mauvaise graine* et autres nouvelles
4322. Saint Augustin	*La Création du monde et le Temps* suivi de *Le Ciel et la Terre*
4323. Bruno Schulz	*Le printemps*
4324. Qian Zhongshu	*Pensée fidèle* suivi d'*Inspiration*
4325. Marcel Proust	*L'affaire Lemoine*
4326. Ji Yun	*Des nouvelles de l'au-delà*
4387. Boileau-Narcejac	*Au bois dormant*

4388. Albert Camus	*Été*
4389. Philip K. Dick	*Ce que disent les morts*
4390. Alexandre Dumas	*La dame pâle*
4391. Herman Melville	*Les Encantadas, ou Îles Enchantées*
4392. Mathieu François Pidansat de Mairobert	*Confession d'une jeune fille*
4393. Wang Chong	*De la mort*
4394. Marguerite Yourcenar	*Le Coup de grâce*
4395. Nicolas Gogol	*Une terrible vengeance*
4396. Jane Austen	*Lady Susan*
4441. Honoré de Balzac	*Les dangers de l'inconduite*
4442. Collectif	*1, 2, 3... bonheur ! Le bonheur en littérature*
4443. James Crumley	*Tout le monde peut écrire une chanson triste* et autres nouvelles
4444. Fumio Niwa	*L'âge des méchancetés*
4445. William Golding	*L'envoyé extraordinaire*
4446. Pierre Loti	*Les trois dames de la kasbah* suivi de *Suleïma*
4447. Marc Aurèle	*Pensées. Livres I-VI*
4448. Jean Rhys	*À septembre, Petronella* suivi de *Qu'ils appellent ça du jazz*
4449. Gertrude Stein	*La brave Anna*
4450. Voltaire	*Le monde comme il va* et autres contes
4482. Régine Detambel	*Petit éloge de la peau*
4483. Caryl Férey	*Petit éloge de l'excès*
4484. Jean-Marie Laclavetine	*Petit éloge du temps présent*
4485. Richard Millet	*Petit éloge d'un solitaire*
4486. Boualem Sansal	*Petit éloge de la mémoire*
4518. Renée Vivien	*La dame à la louve*
4519. Madame Campan	*Mémoires sur la vie privée de Marie-Antoinette. Extraits*
4520. Madame de Genlis	*La femme auteur*
4521. Elsa Triolet	*Les amants d'Avignon*

4522. George Sand	*Pauline*
4549. Amaru	*La Centurie. Poèmes amoureux de l'Inde ancienne*
4550. Collectif	*«Mon cher Papa...» Des écrivains et leur père*
4551. Joris-Karl Huysmans	*Sac au dos* suivi d'*À vau l'eau*
4552. Marc Aurèle	*Pensées. Livres VII-XII*
4553. Valery Larbaud	*Mon plus secret conseil...*
4554. Henry Miller	*Lire aux cabinets* précédé d'*Ils étaient vivants et ils m'ont parlé*
4555. Alfred de Musset	*Emmeline* suivi de *Croisilles*
4556. Irène Némirovsky	*Ida* suivi de *La comédie bourgeoise*
4557. Rainer Maria Rilke	*Au fil de la vie. Nouvelles et esquisses*
4558. Edgar Allan Poe	*Petite discussion avec une momie* et autres histoires extraordinaires
4596. Michel Embareck	*Le temps des citrons*
4597. David Shahar	*La moustache du pape* et autres nouvelles
4598. Mark Twain	*Un majestueux fossile littéraire* et autres nouvelles
4618. Stéphane Audeguy	*Petit éloge de la douceur*
4619. Éric Fottorino	*Petit éloge de la bicyclette*
4620. Valentine Goby	*Petit éloge des grandes villes*
4621. Gaëlle Obiégly	*Petit éloge de la jalousie*
4622. Pierre Pelot	*Petit éloge de l'enfance*
4639. Benjamin Constant	*Le cahier rouge*
4640. Carlos Fuentes	*La Desdichada*
4641. Richard Wright	*L'homme qui a vu l'inondation* suivi de *Là-bas, près de la rivière*
4665. Cicéron	*«Le bonheur dépend de l'âme seule». Livre V des «Tusculanes»*
4666. Collectif	*Le pavillon des Parfums-Réunis* et autres nouvelles chinoises des Ming
4667. Thomas Day	*L'automate de Nuremberg*

4668. Lafcadio Hearn	*Ma première journée en Orient* suivi de *Kizuki, le sanctuaire le plus ancien du Japon*
4669. Simone de Beauvoir	*La femme indépendante*
4670. Rudyard Kipling	*Une vie gaspillée* et autres nouvelles
4671. D. H. Lawrence	*L'épine dans la chair* et autres nouvelles
4672. Luigi Pirandello	*Eau amère* et autres nouvelles
4673. Jules Verne	*Les révoltés de la Bounty* suivi de *Maître Zacharius*
4674. Anne Wiazemsky	*L'île*
4708. Isabelle de Charrière	*Sir Walter Finch et son fils William*
4709. Madame d'Aulnoy	*La Princesse Belle Étoile et le prince Chéri*
4710. Isabelle Eberhardt	*Amours nomades. Nouvelles choisies*
4711. Flora Tristan	*Promenades dans Londres. Extraits*
4737. Joseph Conrad	*Le retour*
4738. Roald Dahl	*Le chien de Claude*
4739. Fiodor Dostoïevski	*La femme d'un autre et le mari sous le lit. Une aventure peu ordinaire*
4740. Ernest Hemingway	*La capitale du monde* suivi de *L'heure triomphale de Francis Macomber*
4741. H. P. Lovecraft	*Celui qui chuchotait dans les ténèbres*
4742. Gérard de Nerval	*Pandora* et autres nouvelles
4743. Juan Carlos Onetti	*À une tombe anonyme*
4744. Robert Louis Stevenson	*La chaussée des Merry Men*
4745. Henry David Thoreau	*«Je vivais seul dans les bois»*
4746. Michel Tournier	*L'aire du muguet* précédé de *La jeune fille et la mort*
4781. Collectif	*Sur le zinc. Au café des écrivains*

4782. Francis Scott Fitzgerald — *L'étrange histoire de Benjamin Button* suivi de *La lie du bonheur*
4783. Lao She — *Le nouvel inspecteur* suivi de *Le croissant de lune*
4784. Guy de Maupassant — *Apparition* et autres contes de l'étrange
4785. D. A. F. de Sade — *Eugénie de Franval. Nouvelle tragique*
4786. Patrick Amine — *Petit éloge de la colère*
4787. Élisabeth Barillé — *Petit éloge du sensible*
4788. Didier Daeninckx — *Petit éloge des faits divers*
4789. Nathalie Kuperman — *Petit éloge de la haine*
4790. Marcel Proust — *La fin de la jalousie* et autres nouvelles
4839. Julian Barnes — *À jamais* et autres nouvelles
4840. John Cheever — *Une Américaine instruite* précédé d'*Adieu, mon frère*
4841. Collectif — *«Que je vous aime, que je t'aime!» Les plus belles déclarations d'amour*
4842. André Gide — *Souvenirs de la cour d'assises*
4843. Jean Giono — *Notes sur l'affaire Dominici* suivi d'*Essai sur le caractère des personnages*
4844. Jean de La Fontaine — *Comment l'esprit vient aux filles* et autres contes libertins
4845. Yukio Mishima — *Papillon* suivi de *La lionne*
4846. John Steinbeck — *Le meurtre* et autres nouvelles
4847. Anton Tchekhov — *Un royaume de femmes* suivi de *De l'amour*
4848. Voltaire — *L'Affaire du chevalier de La Barre* précédé de *L'Affaire Lally*
4875. Marie d'Agoult — *Premières années (1806-1827)*
4876. Madame de Lafayette — *Histoire de la princesse de Montpensier* et autres nouvelles

4877. Madame Riccoboni — *Histoire de M. le marquis de Cressy*
4878. Madame de Sévigné — *«Je vous écris tous les jours...» Premières lettres à sa fille*
4879. Madame de Staël — *Trois nouvelles*
4911. Karen Blixen — *Saison à Copenhague*
4912. Julio Cortázar — *La porte condamnée* et autres nouvelles fantastiques
4913. Mircea Eliade — *Incognito à Buchenwald...* précédé d'*Adieu!...*
4914. Romain Gary — *Les Trésors de la mer Rouge*
4915. Aldous Huxley — *Le jeune Archimède* précédé de *Les Claxton*
4916. Régis Jauffret — *Ce que c'est que l'amour* et autres microfictions
4917. Joseph Kessel — *Une balle perdue*
4918. Lie-tseu — *Sur le destin* et autres textes
4919. Junichirô Tanizaki — *Le pont flottant des songes*
4920. Oscar Wilde — *Le portrait de Mr. W.H.*
4953. Eva Almassy — *Petit éloge des petites filles*
4954. Franz Bartelt — *Petit éloge de la vie de tous les jours*
4955. Roger Caillois — *Noé* et autres textes
4956. Jacques Casanova — *Madame F.* suivi d'*Henriette*
4957. Henry James — *De Grey, histoire romantique*
4958. Patrick Kéchichian — *Petit éloge du catholicisme*
4959. Michel Lermontov — *La princesse Ligovskoï*
4960. Pierre Péju — *L'idiot de Shanghai* et autres nouvelles
4961. Brina Svit — *Petit éloge de la rupture*
4962. John Updike — *Publicité* et autres nouvelles
5010. Anonyme — *Le petit-fils d'Hercule. Un roman libertin*
5011. Marcel Aymé — *La bonne peinture*
5012. Mikhaïl Boulgakov — *J'ai tué* et autres récits

5013. Sir Arthur Conan Doyle	*L'interprète grec* et autres aventures de Sherlock Holmes
5014. Frank Conroy	*Le cas mystérieux de R.* et autres nouvelles
5015. Sir Arthur Conan Doyle	*Une affaire d'identité* et autres aventures de Sherlock Holmes
5016. Cesare Pavese	*Histoire secrète* et autres nouvelles
5017. Graham Swift	*Le sérail* et autres nouvelles
5018. Rabindranath Tagore	*Aux bords du Gange* et autres nouvelles
5019. Émile Zola	*Pour une nuit d'amour* suivi de *L'inondation*
5060. Anonyme	*L'œil du serpent. Contes folkloriques japonais*
5061. Federico García Lorca	*Romancero gitan* suivi de *Chant funèbre pour Ignacio Sanchez Mejias*
5062. Ray Bradbury	*Le meilleur des mondes possibles* et autres nouvelles
5063. Honoré de Balzac	*La Fausse Maîtresse*
5064. Madame Roland	*Enfance*
5065. Jean-Jacques Rousseau	*« En méditant sur les dispositions de mon âme... »* et autres rêveries, suivi de *Mon portrait*
5066. Comtesse de Ségur	*Ourson*
5067. Marguerite de Valois	*Mémoires. Extraits*
5068. Madame de Villeneuve	*La Belle et la Bête*
5069. Louise de Vilmorin	*Sainte-Unefois*
5120. Hans Christian Andersen	*La Vierge des glaces*
5121. Paul Bowles	*L'éducation de Malika*
5122. Collectif	*Au pied du sapin. Contes de Noël*
5123. Vincent Delecroix	*Petit éloge de l'ironie*
5124. Philip K. Dick	*Petit déjeuner au crépuscule* et autres nouvelles
5125. Jean-Baptiste Gendarme	*Petit éloge des voisins*
5126. Bertrand Leclair	*Petit éloge de la paternité*
5127. Alfred de Musset - George Sand	*« Ô mon George, ma belle maîtresse... » Lettres*

Composition Nord Compo
Impression Novoprint
à Barcelone, le 11 août 2011
Dépôt légal : août 2011

ISBN 978-2-07-044342-0/Imprimé en Espagne.

183066